문학과지성 시인선 **548**

오늘 하루만이라도

황동규 시집

문학과지성사

문학과지성사에서 펴낸 황동규의 시집

나는 바퀴를 보면 굴리고 싶어진다(1978, 개정판 1994)

악어를 조심하라고?(1986, 개정판 1995)

몰운대행(1991, 개정판 1994)

미시령 큰바람(1993)

풍장(양장본, 1995)

외계인(1997)

버클리풍의 사랑 노래(2000)

우연에 기댈 때도 있었다(2003)

꽃의 고요(2006)

사는 기쁨(2013)

겨울밤 0시 5분(2015, 시인선 R)

연옥의 봄(2016)

문학과지성 시인선 548

오늘 하루만이라도

초판 1쇄 발행 2020년 10월 26일

초판 4쇄 발행 2023년 4월 17일

지 은 이 황동규

펴 낸 이 이광호

주   간 이근혜

편   집 최지인 이민희 조은혜 박선우 방원경

펴 낸 곳 ㈜**문학과지성사**

등록번호 제1993-000098호

주   소 04034 서울 마포구 잔다리로7길 18(서교동 377-20)

전   화 02)338-7224

팩   스 02)323-4180(편집) 02)338-7221(영업)

전자우편 moonji@moonji.com

홈페이지 www.moonji.com

ⓒ 황동규, 2020. Printed in Seoul, Korea

ISBN 978-89-320-3784-4 03810

문학과지성 시인선 548

오늘 하루만이라도

황동규

마지막 시집이라고 쓰려다 만다.
앞으로도 시를 쓰겠지만 그 시들은
유고집에 들어갈 공산이 크다,는 건 맞는 말이다.
그러나 내 삶의 마지막을 미리 알 수 없듯이
내 시의 운명에 대해서도 말을 삼가자.

지난 몇 해는 마지막 시집을 쓴다면서 살았다.

2020년 가을
황동규

오늘 하루만이라도

차례

시인의 말

제1부

불빛 한 점　11

서촌西村보다 더 서쪽　12

마주르카　14

오늘 하루만이라도　16

진한 노을　18

초겨울 밤에　19

첫눈 내리는 저녁　20

있는 그대로　22

죽음의 자리와 삶의 자리　24

초봄 개울에서　26

서달산의 마지막 꿩　28

산 것의 노래　30

봄 저녁에　32

우리의 백 년 한 세기가　34

발라드의 끝　36

자작나무, 이 어린 것이　38

두물머리 드라이브　40

밟을 뻔했다　42

나팔꽃에게　44

제2부

화끈한 냄새   49

바가텔Bagatelle 2   50

바가텔 3   51

바가텔 4   52

또다시 겨울 문턱에서   53

날 테면 날아보게   54

너는 지금 피어 있다   56

은퇴   57

오이도烏耳島   58

가파른 가을날   61

맨땅   62

죽음아 너 어딨어?   63

한여름 밤 달빛   64

안개   66

매화꽃 흩날릴 때   68

눈이 내린다   70

침묵 앞을 지나가기만 해도   72

솔방울은 기억할까?   73

베토벤 마지막 소나타의 트릴   74

제3부

허리 꺾이고도   79

손 놓기 1   80

손 놓기 2   81

손 놓기 3   82

화양계곡의 아침   83

네가 갔다   84

너는 두고 갔다   86

체감 온도 영하 20도   87

대낮에 밤길 가듯   88

안구주사를 맞고   90

종이컵들   92

봄 진눈깨비   94

강원도의 높은 산들   96

강원도 정선   98

날개 비벼 펴고   100

쇠기러기 소리   102

자귀 씨 날다   103

수평선이 담긴 눈동자   104

시가 사람을 홀리네   105

조그만 포구   106

제4부

나의 마지막 가을   111

홍천 구룡령九龍嶺길   112

오늘은 날이 갰다   114

차와 헤어지고 열흘   116

새로 만난 오솔길   117

선운사 동백   118

이 겨울 한밤   120

사람에게서 사람을 지우면   122

이런 봄날   124

지우다 말고 쓴다   126

무엇이건 고여 있는 곳이면   128

한밤중에 깨어   130

아직 저물 때가 아니다   132

어디로?   134

차 마시는 동안   136

늦겨울 밤 편지   138

여기가 어디지?   140

일곱 개의 단편斷片   142

시간의 손길   144

삶의 앞쪽   146

산문   149

나의 문학 25년×2.5

나의 베토벤

제1부

불빛 한 점

한창때 그대의 시는
그대의 앞길 밝혀주던 횃불이었어.
어지러운 세상 속으로 없던 길 내고
그대를 가게 했지. 그대가 길이었어.

60년이 바람처럼 오고 갔다.
이제 그대의 눈 어둑어둑,
도로 표지판도 제대로 읽어내지 못하고
표지판들이
일 없인 들어오지 말라고 말리게끔 되었어.

이제 그대의 시는 안개에 갇혀 출항 못 하는
조그만 배 선장실의 불빛이 되었군,
그래도 어둠보단 낫다고 선장이 켜놓고 내린,
같이 발 묶인 그만그만한 배들을 내다보는 불빛.
어느 배에선가 나도! 하고 불이 하나 켜진다. 반갑다.
끄지 마시라.

서촌西村보다 더 서쪽

가을이 너무 깊어
갈수록 철 지난 로봇처럼 되는 몸
길이나 잃지 말아야겠다.

길이라니?
버스와 전철 번갈아 타고 걸어
서촌보다 더 서쪽 동네 가게에 들러
맥주 한잔 시원하게 들이키고
인왕산 서편을 달관한 로봇처럼 천천히 걸으리.
빈 나무에 단풍 몇 잎 떨어지지 않고 모여
가르랑대고 있다.
'이제 말 같은 건 필요 없다. 가르랑!'
로봇도 소리 물결 일으킨다.
'평생 찾아다닌 거기가 결국 여기?'
그래, 내고 싶은 소리 다들 내보게나.

숨 고르려 걸음 늦추자 마침
해 지는 곳을 향해
명상하듯 서 있는 사람 하나 있다.

나와 비슷한 수준의 로봇이군.
방해되지 않을 만큼 거리 두고 나란히 선다.

흰 구름장들 한참 떼 지어 흘러가고
붉은 해가 서편 하늘을 뜬금없이 물들이다
무엇엔가 빨리듯 하늘 뒤로 넘어간다.
옆 로봇이 천천히 내 쪽으로 몸을 돌리며
혼잣말처럼, '하늘에도 앞뒤가 있군요.'
내가 머뭇대자 그는 다시 혼잣말처럼,
'앞보단 뒤가 더 큽니다.'
말을 아끼는 로봇이군!

혼자 언덕을 내려오며
나도 모르게 그의 말을 풀이했다.
'앞서간 삶보다 뒤에 남은 삶이 더 버겁습니다.'
내리받인데
숨이 찼다.

마주르카

언젠가 집에 남겨져 혼자 긴 저녁 보낼 때
템포를 마음 움직임에 맞춰 바꿔주는 쇼팽의 마주르
카에 실려
독무獨舞 한번 밟고 싶었다.
둘이 추는 춤의 반절 근력이면 되겠지.

그 생각 오른발 족저근막염 걸렸을 때 버렸다.
언제였더라?
묘지마다 가화假花 심어 나비 별로인 현충원에 절름대
며 올라가자
노랑나비 한 떼가
옮겨 다니는 꽃밭처럼 몰려다닌 봄이었어.

전보다는 순해 보이지만
족저근막염이 왔던 곳에 다시 찾아왔다.
이번엔 침착하게 맞는다.
대형 안티플라민 파스 두 장으로 발뒤꿈치를 발목까
지 감싸고
그 위에 양말 신고 버틴다.

견디는 덴 나도 이력이 났어.

가만, 그동안 내가 조금 달라지긴 했다.

발뒤꿈치 염증, 가시기만 해봐라!

입맛 다시게 하는 봄 저녁 약속 깨고 귀 기울이고 있는

템포 루바토를 절묘하게 쓰는 상송 프랑스와* 연주에

맞춰

드디어, 스텝 한번 밟으리라.

빠른 회전 하다 발 잘못 짚어 비틀비틀대겠지.

비틀비틀거린 적이 이번뿐이더냐?

다시 마주르카!

* Samson François. 프랑스 피아니스트.

오늘 하루만이라도

은행잎들이 날고 있다.
현관 앞에서 하늘을 올려다본다.
또 하나의 가을이 가고 있군.

수리 중인 엘리베이터 옆 층계에 발 올려놓기 전
미리 진해지려는 호흡을 진정시킨다.
해 거르지 않고 한 번쯤 엘리베이터 수리하는 곳.
몇 번 세고도 또 잊어버리는
한 층 계단 수보다 두 배쯤 되는 수의 가을을
이 건물에서 보냈다.
그 가을 수의 세 배쯤 되는 가을을
매해 조금씩 더 무거운 중력 추 달며 살고 있구나.

2층으로 오르는 층계참 창으로
샛노란 은행잎 하나 날아 들어온다.
손바닥에 올려놓는다.
은행잎! 할 때 누가 검푸른 잎을 떠올리겠는가?
내가 아는 나무들 가운데 떡갈나무 빼고
나뭇잎은 대개 떨어지기 직전 결사적으로 아름답다.

내 위층에 사는 남자가 인사를 하며 층계를 오른다.
나보다 발 더 무겁게 끌면서도
만날 때마다 얼굴에 미소 잃지 않는 그,
한 발짝 한 발짝씩 층계를 오른다.
그래, 그나 나나 다 떨어지기 직전의 나뭇잎들!

그의 발걸음이 몇 층 위로 오르길 기다려
오늘 하루만이라도
내 집 8층까지 오르는 층계 일곱을
라벨의 「볼레로」가 악기 바꿔가며 반복을 춤추게 하듯
한 층은 활기차게 한 층은 살금살금, 한 층은 숨죽이고
한 층은 흥얼흥얼
발걸음 바꿔가며 올라가보자.

진한 노을

태안 앞바다를 꽉 채운 노을,

진하고 진하다.

몸 놀리고 싶어 하는 섬들과 일렁이려는 바다를

지그시 누르고 있다.

진하다.

배 한 척 검은색으로 지나가고

물새 몇 펄럭이며 흰색으로 빠져나온다.

노을의 절창,

생애의 마지막 화면 가득 노을을 칠하던 마크 로스코*가

이제 더 할 게 없어! 붓 던지고

손목동맥에 면도날 올려놓는 순간이다.

잠깐, 아직 손목 긋지 마시게.

그 화면 속엔 내 노을도 들어 있네.

이제 더 할 말 없어! 붓 꺾으려는 나의 마음을

몇 번이고 고쳐먹게 한 진한 노을이네.

* Mark Rothko. 라트비아 출신 미국 화가. 자살하기 전 그의 마지막
그림은 화면 전체가 노을이다.

초겨울 밤에

창밖엔 소리 없이 된서리 내리고 있었겠지.
밤 11시 반,
텔레비에서 말들이 날아오다 방바닥에 떨어진다.

깜빡 졸았나?
애써 잡은 영양 하이에나들에게 빼앗긴
치타 어디 갔지?
대답 대신 느낌들이 날아와 귓바퀴에 박히며
꼬리들을 떤다.
그래 알겠다. 안 들어도 알겠다.
뭘 이뤘다고 다 제 게 되는 게 아니다.
남기면 남의 것 되고 모자라면 내 것 된다.
그래도 남겨라, 이거지.
하이에나들이 인간처럼 웃었거든.
가만, 이런 생각들도
창밖의 된서리를 피할 수는 없을 거다.
길 잃지 말자고 갈림길 나뭇가지에 매어논
색 바랜 리본들로나 남을까.
젖은 눈 내리면 영락없이 상처로 보일 거다.

첫눈 내리는 저녁

기다렸는가? 첫눈 내리는 저녁이다.
여름 가을 거치며 거칠어진 햇빛이
저 혼자 놀다 훌쩍 가버린 휑한 어스름 속으로
문득 희끗희끗 날리는 눈송이들.
아직 한 대포 아는 친구에게 전화를 건다.

가로등 불빛 속에서 눈송이들이 날벌레들처럼
딸랑대는 종소리 아랑곳 않고 천천히 선회운동 하는
구세군 모금함에 둘 중 하나가 지폐 한 장 넣고
후에도 몇 번 들르긴 했지만 첫눈 내릴 때면
늘 추억 문에 조그만 불 새로 해 달곤 하는
30여 년 전 둘의 조그만 단골 술집에 닿는다.

문 앞에서 전처럼 눈을 털고 들어가
마침 전에 앉던 구석이 비어 자리 잡는다.
같이 늙는 여주인과는
눈인사와 짧은 몇 마디씩 주고받아
그동안 어땠냐를 끝내고
마늘 많이 발라 알맞게 구운 닭과

따끈히 데운 청주 대포를 시킨다.

두번째 잔이 반쯤 빌 때쯤
둘은 그동안 약지 않게 산 삶의 고비고비를
자랑처럼 늘어놓고 있겠지.
약지 않게 사는 게 어려웠거든.
그러다가 누가 먼전지 모르게
우리도 역시 약게 살았어, 생각에
말들을 멈추겠지.

때맞춰 발밑에서 고양이가 가르랑댄다.
닭 한 토막을 내려 준다.
새끼 고양이 하나가 쪼르르 달려와 발밑을 파고든다.
한 토막 더 내려 준다.
이들에게 이렇게 살라 저렇게 살라 일러줄 게 있을까?
그저 빌어주자,
인간의 발밑에서 인간의 발길에 차이지는 말기를!
첫눈 소리 없이 내리는 저녁.

있는 그대로

처마에 고드름 주렁주렁 달린 집에서
얼마 전 세상 뜬 친구
선사禪師처럼 결가부좌하고
눈 부릅뜨고 앉아 있는 꿈을 꾸다 깼다.
잘려 나간 잠, 이어지지 않는다.
거실에 나가 서성댄다.
그에게 죽음의 문턱을 넘어가서도 풀리지 않을
척진 일 있었던가?
기억 통을 흔들어본다.
무언가 있는 듯 없는 듯,
창밖에선 희끗희끗 눈이 내리고 있다.
아파트의 앙상한 나무들이 두툼한 옷 해 입겠지.
바람이 이따금 옷을 벗겨 다시 속 아리게도 하겠지.
고드름 집 마당에도 눈이 내리고 있을까?
눈앞 식탁에는 새로 등갓 씌운 동그란 불빛
반쯤 식은 허브 차 한 잔.

퍼뜩 정신 차려보니, 아침.
창밖으로 내려다뵈는 아랫동네 아파트 공사판

눈 내리다 마니 더욱 어수선하다.

잠깐, 저 크레인들, 젊은 수탉들처럼 목 꼿꼿이 세우고
공사판을 이리저리 휘젓고 다니네.

가만! 우리도 한때 볏 갓 올린 수탉들처럼
겁 없이 무교동 청진동을 휘젓고 다녔지.

그때 있는 *그대로*의 우리가 그립다.

있는 그대로?

슬그머니 얼굴에 떠오르는 미소,
꿈 깨기 전 선사와 나눈 대화가 떠오른다.

── 왜 눈 부릅뜨고 있지?

── 나는 *있는 그대로* 죽었어.

── 죽은 후엔 바꿀 수 없나?

── 있지. 더 *있는 그대로*로.

죽음의 자리와 삶의 자리

집을 나서자마자 방금 나온 방이 생각나는
2018년 12월 28일 아침, 바람도 불어 체감온도 영하
18도.
두툼한 모직 라이닝 댄 코트 입고 나섰어도
곧장 몸에 달라붙는 추위.
마을버스 기다리는 사람들 사이에서
다리 후들후들 떨기 시작하다 버스에 오른다.
안경이 흐렸다가 갠다.
눈을 지그시 감았다 뜬다.
그래, 다른 감각들도 눈 감았다 뜨고 감았다 뜨곤 했으면!

일 마치고 집에 돌아오니
예기치 않던 향내 방 안에 은은하다.
살펴본다.
아 한란!
그동안 물 잘못 주어 여러 난 죽인 텔레비 옆자리에 앉아
며칠 전 선물로 들어온 난이 막 향내 풍기고 있다.
나는 한란 자주 죽이는 사람,
지금 꽃 피운 곳이 죽음의 자리인 걸 모르고.

깊은 숨 몇 번 들이쉬니

창밖 저 아래 밀어논 눈 더미가 내려다보인다.

참샌가, 조그만 다갈색 새 하나

그 앞에서 땅을 쪼고 있다.

그 뒤에 한 마리, 그 뒤에 또 한 마리,

저녁 햇빛 속에 앙증스레 땅을 쪼고 있다.

눈 돌렸다 다시 보니 셋이 머리 서로 맞대고

고개 까딱까딱 함께 땅을 쪼고 있다.

간질간질 정답다.

그렇지, 한란,

그 어디서고 삶의 감각 일깨워주는 자에게

죽음의 자리 삶의 자리가 따로 있겠는가?

초봄 개울에서

하던 일 제쳐둔 채 시 한 채 몇 번인가 짓고 부수다
그만 피리어드!
홧김에 컴퓨터 파일에서 지워버리고 나왔다.
발길 멈추게 한 조그만 초봄 개울,
물 위로 드리워진 나뭇가지 끝에 매달린 얼음 창날
햇빛을 받아 투명하게 빛난다.

잠시 서 있는 동안
창날 끝에서 물방울 하나 태어나 천천히 홀쭉하게 길
어지다
개울에 뛰어든다.
개울 옆, 눈 막 헤치고 나온 노란 복수초가
안 보는 척 보고 있다.
창날 끝에 새 물방울이 태어나
떨어지지 않겠다는 듯 한참 실랑이하다
떨어진다.

그만 자리 뜨려는데
나무에 숨어 있던 새 하나 훌쩍 날아오른다. 오목눈인가?

얼음 창날이 새 물방울 만들다 말고
통째로 첨벙 개울에 뛰어든다.
꼬리만 물 위에 내놓고 떠내려간다.
굽이에서 주춤주춤, 이제 그만 피리어드 찍는구나.
순간, 꼬리로 홱 콤마를 그리며 굽이를 돌아간다.

서달산*의 마지막 꿩

한 달포 못 올라갔더니 서달산 한 자락이
휑해진 얼굴을 하고 나타나 물었다.
'엊저녁 자네에게 내려간 꿩 만나봤겠지?'
'오가는 길에 연립주택 빼곡 들어서고
내 집은 아파트 8층,
어떤 꿩이 나한테 올 수 있겠나?'
'그 꿩은 자네 체취 찾아 소리 안 내고
어둑한 골목골목을 보이지 않게 내려갔겠지.
층계는 몇 계단씩 날아오르고.'
'엊저녁 느지막이 귀가할 때 문에서 기다리고 있는
크고 멋진 새를 못 알아봤을 리 있나?'
'엊저녁에 서달산의 마지막 꿩이 사라졌네.
꿩을 볼 때마다 얼굴 가득 미소 감추지 못하던
자네에게 간 줄 알았지.'

그리고 깼다.
서달산의 장끼, 까투리 보기 힘들었지만
만날 때면 매번 반가웠지.
새끼들이 어미 따라 한 줄로 올망졸망 걷는 걸

어느 하나도 길 잃지 말라, 살피고 또 살피곤 했는데
마지막 꿩이 사라졌다니!
떠날 때 그는
사방에서 조여오는 사람들과 건물들을 향해
무슨 말을 남기려 했을까?
그저 큰 새답게 머리 두어 번 가로젓고 자리 떴을까?

* 현충원을 둘러싸고 있는 산. 시인의 주요 산책로.

산 것의 노래

아픔을 별처럼 노래한 만젤스탐*의 시를 읽다
현충원으로 산책 갔다.
높은 자들의 묘역에 오르는 계단 양옆의 향나무들이
전정받고 있었다.
자연스레 사방으로 뻗치던 가지들이 잘리고
모두 동그랗고 가지런한 나무들이 되고 있었다.
가지 잘릴 때
나무들은 속으로 치를 떨지 않았을까?
가지 하나는 전정 톱에 잘리고도
몸에서 떨어지지 않고 한참 건들거렸다.

산 것이 인간 마음에 들려면
자연스런 제 모습 포기해야 하는가?
인간도 힘 거머쥔 자의 비위 거스르지 않으려면
가지 자르고 동그래져야 하는가?
그러지 않는다면?
좀 단순해지자.
압수 피하기 위해 만젤스탐이
새로 쓴 시들을 아내에게 몽땅 외우게 하고

시 없는 시인이 되어

시베리아에서 흔적 없이 사라져야 하는가?

* Osip Mandelstam. 러시아 시인. 문학 모임에서 스탈린을 희화하는
시를 읽고 이곳저곳 유배되다 시베리아에서 증발하듯 세상 떴다. 그의
주요 시는 압수를 피해 모두 외워두었던 부인이 해빙기에 기억에서 꺼
내 출판했다.

봄 저녁에

그의 아내가 전화를 걸어왔다.

'이이가 은퇴하고도 늘 바깥일이 있었는데

지난 사흘째 도무지 말을 않고 집에 있네요.'

'무슨 일이 있었습니까?'

'문 나서자마자 넘어졌지만 다친 데는 별로 없었어요.'

'그래도 병원에 가봐야지요.'

'병원 얘기만 비쳐도 얼굴이 붉으락푸르락합니다.'

나도 화가 나서 하루 종일 입을 열지 않은 적 있었지.

그 하루 온통 하나의 절벽이었어.

하, 어이없이 주저앉는 자신에게 그가 단단히 화났구나.

그동안 있는 힘 없는 힘 다 내 쓰고

봄이 와도 물오르지 않는 마른풀 된 게 못 견디겠는 거지.

'혹시 혼잣소리를 하지는 않습니까?'

'영 입을 열지 않습니다.'

'내가 가도 좋으냐고 물어보십시오.'

'전화하는 소리 듣고 벌써 머리를 흔듭니다.'

마음을 다잡았다.

'나도 한 사나흘 입 떼지 않고 산 적 있습니다.'

우리의 백 년 한 세기가

'우리의 백 년 한 세기가 다 지나가고 있네.
이제 엉덩이와 뒷다리만 남았어.'
낙상으로 누워 네가 말했지.
그런가?
하긴 우리 백 년의 엉덩이가 가파르긴 한 것 같아.
산책길을 반으로 줄였어도
몇 번인가 걸음 멈추고 숨 고르게 하거든.

내 전화 받아라. 산책 중이다.
내일부터 산책 다시 시작한다고?
아직 진달래 산수유 꾀꼬리는 없지만
네가 한때 입에 달고 산 노루귀는 소식도 없지만
흔친 않으나 노란 복수초들 얼굴 내밀고
공기의 맛이 전과 확연히 다르다.
네가 내일 너네 뒷동산에 오르면
너도 모르게 전과 다른 숨을 쉬고 있을 거다.
갈림길 만날 때마다 생각이 간질간질해지는 길을 걷
다 보면
지난 한 세기의 엉덩이쯤 한번 걸어차보고 싶겠지.

뭐, 내 엉덩이라 생각하고 차겠다고?

거 좋지, 이왕이면

지난 백 년이 놀라 펄쩍 뛸 만큼 세차게.

단, 낙엽 밑에 숨어 기고 있는 나무뿌리와

알 듯 알 듯 한발 앞서가며 우는 산새 소리엔

발밑 조심하게나.

발라드의 끝

개나리 필 무렵 성했던 눈마저
황반변성 안구주사 맞기 시작했다.
앞으론 확대경 없이 신문 읽을 생각 말게!

안됐다는 듯 서달산이 아지랑이 피워 올리고
노랗고 하얗고 빨간 꽃들을 꾸역꾸역 뱉어낸다.
아지랑이 자욱이 오르는 오솔길이
한때 마음 되게 빼앗아갔던 발라드 같다.

가만, 생각해보면
지난 삶의 반절은 괜히 바쁘게 살았다.
우연히 한번 들어보니 가뿐한 호박.
나머지 반도 볼 것 못 볼 것 미리 가리지 않고
제대로 살았던가?

봄이 몸살 톡톡히 앓고 있는 곳,
오솔길 굽이를 돌자
눈이 밝아진다.
아지랑이 속에서 하양 노랑 나비들이

화들짝 날아오른다.

많은 수는 아니지만

세필細筆 춤사위들이 시각視覺을 춤추게 한다.

눈높이가 여직 이토록 눈부실 줄이야!

발라드는 끝머리에서

삶을 가볍게 날려 보내는 황홀을 노래했지.

황홀 뒤엔 지나온 길만 무겁게 남았던가.

황홀 속에 나비들이 일제히 춤추며 날았다면

발라드가 눈부신 오솔길로 이어지진 않았을까?

자작나무, 이 어린 것이

임플란트한다고 이 두 개 뽑히고 마취된 얼굴로
약국 찾아가 문턱에 걸려 넘어졌다.
문과 맞부딪힌 왼쪽 어깨 초밤부터 저리고 아파
소염 진통 파스 두 장 붙이고
잠이 벗겨질 때마다 끙끙 소리 들었다.
아침에 병원! 허나 통증 적이 가라앉아
대신 나온 산책길.

아픈 밤 보내고 나니 안 보이던 게 보이네.
골짜기 쪽 어린 자작나무 하나
때 아니게 잎 반쯤 떨어뜨리고 나 홀로 서 있다.
왜 이리 서두르지?
이웃 나무들과 제철 느낌 주고받지도 않나?
옆에 물길도 나 있는데.
이거 어디 되게 잘못된 거 아냐?
나도 모르게 내려가 그 앞에 선다.

파스 붙인 왼편 어깨 한번 쓰다듬어보고
군데군데 벗겨진 그의 흰 피부를 쓰다듬는다.
무기척.

마음먹고 주먹으로 조곤조곤 두드려본다.
돌아오는 느낌, 나무인지 목질인지.
혹시 여름에 물길 낼 때 뿌리 다치고
그만 간 거 아냐? 끙끙 소리도 없이.

다시 한번 가볍게 쓰다듬고 돌아서는데
어디 있었지? 네발나비 하나
날갯짓하며 앞을 막는다.
비키다 발 헛딛고 비틀대자
나무가 나를 확 붙잡는다.
엉겁결에 들은 소리,
'발목 잘린 아픔 갈수록 더 격해지지만
잎을 조금씩 떨어뜨리며 숨 놓지 않고 있습니다.'
잎 하나가 가볍게 떨어진다.
이 어린 것이?
올려다본다, 꼿꼿한 우듬지,
나무에 잡힌 손에 더 할 말 참는지 떨림이 온다.
'숨 놓지 마!' 하려다 나도 모르게 말했다.
'땅이 하늘을 한번 찔렀구나!'

두물머리 드라이브
── 2020년 3월 16일, 이숭원에게

코로나바이러스 땜에 내내 집콕,
읽은 신문 다시 읽고
무작위로 오디오 틀어놓고 뒹굴다가
오늘 오후, 반가운 후배 하나가 일부러 차를 끌고 와
두물머리로 드라이브 나갔다.

맑은 초봄 날씨, 차에서 내려
물새들이 나다니는 물가를 거닐었다.
나무 전망대에 올라 마스크 쓴 느낌표처럼 꼿꼿이 서서
봄빛에 천천히 안기는 강물을 보았다.
내가 차를 몰았다면
앞이 탁 트이고 녹차 좋은 수종사水鐘寺쯤 올라갔겠지만,
오늘은 두물머리만으로도 족하다.
종이 판지에 '찻집'이라 적은 조그만 카페에 들렀다.
아직 약간 추운 뜨락 탁자에 마스크 벗어놓고
둘이 마주 앉아 따끈한 생강차 마시며
전화로 하면 고딕체가 될 말들을
한 시간 동안 편하게 행서체로 주고받았다.
1분쯤 말을 끊었다 잇기도 했다.

때가 어느 땐데

이런 자리 마련해준 사람과 날씨, 고맙다.

어디서 흘러오는지 어디로 흘러가는지 모르게 된 나

날 가운데

이 하루,

무지개 같다.

밟을 뻔했다

코로나바이러스로 오래 집콕 하다
마스크 쓰고 산책 나갔다.
마을버스 종점 부근 벚나무들은
어느샌가 마지막 꽃잎들을 날리고 있고
개나리와 진달래는 색이 한참 바래 있었다.
그리고 아니 벌써 라일락!
꽃나무들에 눈 주며 걷다
밟을 뻔했다,
하나는 노랑 하나는 연분홍, 쬐그만 풀꽃 둘이
시멘트 블록 터진 틈 비집고 나와
산들산들 피어 있었다.
둘 다 낯이 익다.
노랑은 민들레, 그런데 연분홍은 무슨 꽃?
세상 사는 일이 대개 그렇듯
하나는 알고 하나는 모른다.
알든 모르든 둘 다 간질간질 예쁘다.
어쩌다 지구 사람들 모두 마스크로 얼굴 가리고
서로서로 거리 두는 괴물들이 되더라도
아는 풀 모르는 풀이 함께 시멘트 터진 틈 비집고 나와

거리 두지 않고 꽃 피우는 지구는 역시 살고픈 곳!

그 지구의 얼굴을 밟을 뻔했다.

나팔꽃에게

활짝 핀 나팔꽃들의 나팔 소리
못 들은 채 며칠을 보냈구나.
2, 3년 전만 해도 이맘때면 아침마다
그 소리 들으며 마음 밝아지곤 했는데.
소리와 점점 더 거리 두는 귀와
매달 안구주사 맞아도 차도 별로인 눈이
언제부턴가 내놓고 채찍 휘두르는 시간의 매질
앞서 맞으며
세상을 더 어슴푸레하게 만드는구나.
허나 2백 년 전
비행기로 열몇 시간 걸리는 곳에 살던 작곡가 하나는
젊어서 귀 절벽이 되고도 쩌릿쩌릿!
지금도 불꽃 새파랗게 튀는 작품들을 남겼지.

나팔꽃들아 부탁이다. 마음 덜 내키더라도
옛정 생각해서 한 곡 불어줄 거면
내 삶의 마지막 악상은 *밝고 또 밝게*다!
있어도 그만 없어도 그만이 다 된
기뻤던 일 슬펐던 일 아팠던 일

같이 버스 기다리며 말 튼 이웃의 못 이룬 꿈까지
구석구석 불 밝혀
잘못 놓인 소품 하나마저 눈에 띄게 해다오.
글 쓰다 말고 울어버린 깊은 밤들도.
소리 죽이고 캄캄하게 울었지.
가만, 그때 울게 한 것들 다 어디 갔지?
가물가물 시간에 가려 보이지 않는다.
창틀에 핀 꽃들이 일러줄 것 같지도 않다.
그래 그래, 나팔 불어주지 않아도 괜찮다.
시간의 뭇매 더 맞고 가겠다.

제2부

화끈한 냄새

추석 가까운 가을날 오후
새로 건물을 짓는지 여기저기 숨어 발을 걷어차는
잡석雜石들에게 험담하며 산길 오르다 만난
진한 냄새!
막 벌초한 무덤가에서 발을 멈췄다.
예초기가 앵앵 날카로운 소리로 돌아다니며
풀들의 생 허리를 잘랐군.
이맘때 한창 맵시 내는 패랭이 쑥부쟁이 들의
아랫도리도 날렸겠지.
숨 한번 깊이 들이쉰다.
인근의 풀냄새 나무 냄새 흙냄새에 사람 냄새까지
모두 합친 것보다도 더 화끈한,
삶을 삶 밖으로 내놓고야 드디어 낼 수 있는 냄새가
이처럼 삶 가까이에 고여 있다니!

바가텔Bagatelle 2

이즘처럼 인공지능 밤낮없이 단수 높인다면
인간다움 그에게 넘겨줄 때 오지 않을까.
사람들이 휴대폰에 눈 파묻고 횡단보도 건너다
서로 부딪치기도 하는 뇌회색 거리 위로
아침놀 저녁놀이 있는 듯 없는 듯
떴다 졌다 할 것이다.
잿빛 비둘기 두엇 비실비실 땅을 쪼며 걸어가고
웬일인지 가깝게 들리는 먼뎃 종소리가
뭔가 뵌다는 듯 비음鼻音 넣어가며 딩, 딩, 댈 것이다.
'딩, 인공지능에게 넘겨줄 인간다움이
그대들에게 있는강?
차라리 인간이라는 외나무다리를 건너
무언가 건넌 인간이 되면 어떨깜, 딩!'

바가텔 3

내가 세상 뜬 후나 오리라 생각했던 가상현실
어느 날 깨어보니 현실로 다가왔다.
사람 없이 공장 돌아가고
가볍게 떠난 옛 애인
이번엔 더 가볍게 떠나갔다.
마음 가라앉히려 나선 길
가상 골목들이 서로 닮은 찻집들을 내놓아 헷갈렸다.
꽃밭 찾아가다 냄새 없는 농약 냄새 만나
이게 웬일이냐? 땅에 떨어져 누워
잔발질 고물고물 놀리고 있는 꿀벌 본 적 있는가?
고물고물. 한번 눈에 들어온 잔발질 고물고물
큰길에 나서도 멈추지 않는다.

바가텔 4

보리밭에서 하늘로 수직으로 솟으며 지저귀던
종다리들이 몇 해 전 사라졌다.
밤이면 하늘에서 떼 지어 춤추던 별들도
도시 불빛 속에 그냥 빛의 점들이 되었다.
그렇다고 하늘이 그저 햇빛 별빛 새는 천이겠는가?
언뜻 보면 구름 가볍게 드나드는 텅 빈 곳이지만
만남과 헤어짐, 기쁨과 슬픔을
뵈지 않게 섞는 묘 내려주고
한 가슴에서 두 개의 심장이 뛰게도 하는 하늘.
그 아래서 세상의 얽힌 실타래 한 올 두 올 풀다가
어느 날 하늘 밖으로 나가게 되겠지.
그 하늘 밖 위의 공간을
무어라 부를 것인가?

또다시 겨울 문턱에서

대놓고 색기 부리던 단풍
땅에 내려 흙빛 되었다.
개울에 들어간 녀석들은
찬 물빛 되었다.
더 이상 뜨거운 눈물이 없어도 될 것 같다.

눈 내리기 직전 단색의 하늘,
잎을 벗어버린 나무들,
곡식 거둬들인 빈 들판,
마음보다 몸 쪽이 먼저 속을 비우는구나.
산책길에서는 서리꽃 정교한 수정 조각들이
저녁 잡목 숲을 훤하게 만들고 있겠지.
이제 곧 이름 아는 새들이
눈의 흰 살결 속을 날 것이다.
이 세상에 눈물보다 밝은 것이 더러 남아 있어야
  마감이 있어도 좋고 없어도 견딜 만한 한 생애가 그려
지지 않겠는가?

날 테면 날아보게

15년 전 일인가? 어느 가을날 모르는 사이에
날벌레 하나 눈 한가운데서 날았다,
아무리 해도, 정신 멍해지도록 눈 꽉 감았다 떠도,
내보낼 수 없어
신경을 내려놓았지, 날건 말건!
생각을 바꿨는지 딴청에 지쳤는지
첫눈 내릴 무렵 못 이기는 척 눈에서 나갔던 그가 며칠
전 돌아왔다.
끈질기게 나는 품이 자리 도로 내달라는 것.

그간 나가 있어준 것만도 고맙긴 고맙네.
8년 전 겨울 동해 죽변항竹邊港.
눈송이들 희끗희끗 춤추며
검은 물결에 몸 던지는 밤바다에 취해
2미터 넘는 축대에서 추락.
그때 등 근육 그러쥐고 비튼 통점, 등 오른편에 자리
잡고
나갔다 들어오고 들어왔다 나가고
자리 비운 때도 늘 거기가 켕기는데,

날벌레도 날던 곳에 와 날고 싶지 않겠는가?

발코니 식물들도 하나씩 옷 갈아입으며
'이게 본래의 나요!' 하는 가을날,
등 통점은 안티플라민 파스 붙여가며 달래지만
'나는 눈 속에서 날도록 태어난 자요!'를 밖으로 모실
방도는?
없다. 말끔히 걷힌 늦가을 안개처럼 없다.
그저 문득 생각나 말해준다.
'이 눈엔 때로 뜨거운 물이 왈칵 넘치곤 하네.'

너는 지금 피어 있다

발코니가 허전하다, 2017년 1월 23일 아침.
올겨울 들어 가장 춥다는 영하 12.6도.
이맘때면 커다란 유리창 여섯을 온통
눈부신 은빛 스테인드글라스로 만들던 성에꽃
언제부터인가 소식 없고
좁고 긴 발코니 한가운데
붉은 베고니아 한 떨기 우연처럼 피어 있다.
창밖은 온다는 눈 내리지 않고
때 묻은 눈 더미들과 차 떠난 자리들에
햇빛이 건성으로 묻어 있는 주차장,
나가고 남은 차들이 말없이 엎드려 있다.
조그만 차 하나 머뭇머뭇 굴러 들어와
같이 엎드리려다 말고 도로 나간다.
심심해서 구르는지 흙빛 낙엽 몇 장
뒤따라 굴러간다.
아직 빨간색 잃지 않은 낙엽도 하나 굴러간다.
구르다가 멈칫, 한번 곤두섰다가 땅에 눕는다.
베고니아, 너는 지금 조금도 눈부시지 않는 세상을
눈부시게 내다보고 있다.

은퇴

생애 거지반을

삶의 밑바닥이 미친 듯 기우뚱대기도 하는

항해사로 살던 자의 몸이 편해졌습니다.

그래도 미칠 일은 남아 있군요.

── 바다를 떠나 어디로 갔는데요?

만리장성, 아잔타 석굴, 데스밸리,

그리고 한겨울 날 오후 명예교수 휴게실.

── 바닥이 편해졌는데 왜 미치겠다고 하나요?

바람이 데스밸리 모래언덕들을

사흘이 멀다 하고 딴 데로 옮겨 세워도,

세월이 가며 만리장성이 자꾸 더 길어져도,

겨울날 오후 명예교수 휴게실 소파에 혼자 앉아

햇빛 쨍쨍한 창에 눈발이 마른기침처럼 날리는 걸 봐도,

다들 미치게 제자리군요.

오이도烏耳島
── 가고 나니 더욱 반짝이는 전철 4호선
옛 종점 상계역의 별, 고故 조정권 시인에게

오래전 서울의 버스와 전차 종점들이
지도에서 벗어나
별처럼 빛나던 때가 있었지.

3년 전 어느 밤 전철에서 선잠 들어
범계역까지 갔다 되돌아온 오이도행 4호선,
오래 벼르다 2017년 7월 26일 오전
마음먹고 종점까지 갔지.

50년 전 여름, 서울의 전차와 버스 종점들엔
판잣집과 언덕과 시냇물이 있었고
벌거벗은 아이들이
물고기처럼 뛰놀며 살고 있었어.
25년 전 당시 4호선 북쪽 종점 상계역 가까이엔
대추나무 잎새들이 거리의 소음 걸러주는
조정권 시인의 단골
그윽한 뜰 술집이 숨어 있었지.

사당역에서 한 시간,

원래는 섬이었을 오이도,

역에서 나오니 바다도 아이들도 대추나무도 없었다.

10분 기다려 버스 타고 20분 걸려 바다로 갔다.

가는 길은 온통 아파트 단지

얼핏얼핏 외국인 노동자들이 혼자 혹은 모여 다니는
공장들.

바다는 바라뵈는 건너편 땅까지 온통 회색 펄,

7시 되면 예쁜 석양이 밀물 데리고 온다지만

서울에 돌아와도 할 일 딱히 없었지만

뚝방집에서 해물탕만 들고 돌아왔다.

그러나 잠깐, 역에서 떨어진 길모퉁이까지 같이 걸어가

손으로 정류장 가리키며 바다행 버스 번호 알려준 고
등학생.

방학이 언제지?

방금 방학식 마치고 오는 길입니다.

왜 역 앞에서 서성대나?

이사 간 친구 만나려 서울 가는 길입니다.

하늘에는 구름 한 점 없는데
밝은 비행운 하나.

가파른 가을날

어제 이모부의 장지,
장례 버스가 공동묘지 봉분길 놓치고
언덕 꼭대기로 올라가
길고 가파른 층계를 내려오면서 문자 받았다.
오래 만나지 않아도 마음에 자주 들르던
10년 후배 시인이 세상 떴다.
45도가 넘는 가파르고 긴 층계
몸 제대로 가누지 못하며 내려오다
잠들었던 등 오른쪽 통점痛點이
벨트 엉킨 전동기처럼 깨어나
오늘 그의 빈소에도 못 갔다.
대신 혼자 가는 길 조금이라도 덜 무료하라고
시 한 편을 써서 그의 호주머니에 찔러주었다.
가다가 마음에 드는 들꽃 만나면 거기 놓고 가게!
늙음은 슬픔마저 마르게 하는지
생각보다 덜 슬픈 게 슬프다.
이참에 누런 잎 날리기 시작한 뒷산 잎갈이 나무들 가운데
　말수 적은 늙은 나무로 남기 바란다, 나는,
　바람 세게 불 때 젊은 나무들보다 비명 덜 지르는.

맨땅

꽃잎 괜히 건드릴까 조심하는 바람처럼
가파른 언덕을 촛불 안 꺼뜨리듯 조심조심 내려와
맨땅에서 넘어졌다.
어이없지 않다.
해가 뜨거나 비가 오거나
아닌 밤중에 싸락눈 사락사락 내리거나
내 삶의 마지막 토막은 결국
맨땅이 되지 않겠나.
눈비 번갈아 맞고 땡볕 따갑게 쪼여대
기쁨 성냄 미움 아픔 같은 거 다 증발하고
채 비우지 못한 마음마저 증발하고
목에 걸려 남아 있던 말들도 먼지 되어 날리는
금 쩍쩍 갈라지는 맨땅.

태어날 때 거꾸로 매달려
엉덩이 맞고 시작한 눈물은
대충 말려 갖고 가겠네.
눈물 자국은, 글쎄
제풀에 희미해지도록 놔두시게.

죽음아 너 어딨어?

아파트 낡으면서 사람도 낡아
엘리베이터에서 오래된 이웃 만나면
언제부터 우리 이렇게 됐지? 생각이 들곤 한다.
그러나 잠깐, 지금도
마음 홀리는 와인 한 병 잡으려
주머니 사정 살펴가며 마트의 와인 부스를 뒤지고
늦저녁 전철에서 빈자리 놔둔 채 꼭 껴안고 서 있는
젊은 남녀를 멍하니 바라보기도 한다.

죽음이 없다면
세상의 모든 꽃들이 가화가 되는 건 맞다.

꽃들이 죽는 이 세상에는
덮어씌운 눈 간질간질 녹이다가
살짝 웃음 띠고 얼굴 내미는
복수초의 샛노란 황홀이 있고,
해 진 줄 모르고
독서 안경 끼고도 잘 안 뵈는 잔글씨를
죽음아 너 어딨어? 하듯
읽을 수 있는 마지막 글자까지 읽어내는 인간이 있다.

한여름 밤 달빛

마지막 잔 조심히 들고 있는데
술집이 견딜 수 없는 소리와 열기로 차올랐다.
일행보다 한발 앞서 나왔다.
이제 삶의 무대에서
조역助役 자리마저 내놓을 때 됐군.

여름밤, 건물들에 가려 달이 뵈지 않았지만.
시원한 달빛 같은 여자 둘이 내 앞을 지나
전철역 반대 방향으로 가고 있었다.
알 듯 모를 듯 흰옷 입고 달빛처럼 곱게 걷는 여자들.
귀신도 달빛이 고우면 눈물 난다는데
눈물 흔적만 남은 귀신처럼 뒤따랐다.
제과점과 편의점과 카페와 빈터를 지나
큰길로 들어섰다.
건너편 건물 위로 달이 떴는데
달빛이 사라졌다. 귀신이 곡할 노릇.
이게 조역 자리마저 내논 단역端役이 가는 길?

술집에서 뒤에 나온 후배 시인 김형영이

전철역에서 만나자 물었다.

도대체 지난 4, 5분 동안 어딜 갔다 오시나요?

안개

눈뜨자 정신이 뿌옇다.
드디어 내가 흐려지기 시작했구나!
더듬더듬 안경 찾아 끼고 창밖을 내다보니
8층 아래 주차장이 안 보인다.
그러면 그렇지, 새벽꿈은 멀쩡했는데
마음이 미리 알아채고 안개경보 내린 거지.
그런데 무슨 꿈이었더라?
길 건너 아파트 공사장에 드나드는 대형 트럭이
뿌웅 소리 낸다.
그래, 안개 속 방파제를 걷다가
등대 조형물 조그맣게 세워논 곳에서
안개경보 고동을 들었지.
그 소리 울리지 않았다면
잠결에 건너편으로 건너갔을까?
중도에 물에 빠져 허우적댔을까?

이 안개 개기 전
빌라들로 가득 찬 현충원 가는 길
그중 가장 멀게 가는 길에 남아 있는 낮은 담장 집

조그만 꽃밭에 속삭이듯 피어 있는 꽃들을 보러 가리라.
문 앞에서 복술이가 엎딘 채 꼬리 흔들고
꽃들은 서로 이야기 나누다 '이제 오세요?' 표정 짓겠지.
참, 그 집도 지난해에 빌라 나라로 넘어갔어.
나 왜 이러지?
왜 이러긴? 내가 나에게 소곤댄다.
안개 낀 김에 모르는 척 한번 가보지 그래.

매화꽃 흩날릴 때
— 남해에서

며칠 동안 꽃샘바람 잘 견뎌낸 꽃잎들
오늘은 바람 별로인데 흩날린다,
민박집 마당에도 장독들 사라진 장독대에도
등어리에 푸른 이끼 없은 돌담 너머로도.
핀 자리에서 시들어 떨어지지 않고
날다 가는 게 얼마나 신명지냐!

살아 있는 것들이 순서 없이 너도나도
가진 것 안 가진 것 다 꺼내놓는 이 봄날,
묵묵히 서 있던 백목련들
늦었다는 듯 하얀 촛불들 일제히 치켜들고
빈 나무 줄기였던 산수유들
화사하게 노란 옷들을 차려입었다.

꺼내놀 게 따로 없는 자는 뭘 내놓지?
빈 장독대에 올라간다.
머리에 꽃잎 두엇 내려앉는다.
없는 장독 뚜껑 대신 몸의 뚜껑 열듯
크게 한번 기지개를 켠다.

간장 버린다! 소리가 들려온다.
그래? 아직 무언가 일낼 게
이 몸 어디엔가 담겨 있다니!

눈이 내린다

잡동사니 상자에서 오래된 출판계약서 찾다가
대신 건진 옛 공책,
뒤적여보니
후회하는 버릇은 그때도 그대로,
지난날에도 생각보다 신나게 살진 못했군.

마음 가다듬고 빈칸에다 계절에 어울리게
'눈이 내린다'라고 쓴다.
눈 돌려 창을 보니 거짓말처럼
어른어른 눈발이 비친다.
예감이 즉석으로 이뤄지는 때가 왔나 보다.
'새들아 춥지?'라고 쓴다.
조그만 새 하나 조심히
눈 속을 날아 창을 건넌다.
눈발이 점차 굵어지며
하늘 땅 구별 없이 한 색으로 칠한다.
지금쯤 마을버스들도 엉금엉금 기겠지.
서달산 산책하다
다가가는 나를 놔두고 눈 속을 쪼아대기 바쁘던

'서달산 새들아, 배고프지?'라고 쓰다가
'서달산 새들아,'까지만 쓰고 만다.

침묵 앞을 지나가기만 해도

아무리 곱게 봐주려 해도 식상한 말 계속 내뱉는
내가 싫어지면 언덕에 올라간다.
현충원 담장 밖 봄 한창,
나는 모르는 새 꺾인 꽃이다.

나무와 꽃들은 말이 없어도 심심치 않다.
그들의 말 없음 속을 걷다 보면
생각을 말로 그럴듯하게 꾸미는 일이 싱거워진다.
착각인가, 아는 꽃나무 하나가 모처럼 말문을 연다.
'꽃 하나 뜯길 땐 욕을 내뱉었어요.
가지째 꺾일 땐 침묵을 배웠지요.'
그때 몸 덜덜 떨지는 않았니? 눈으로 묻자
대답 대신 웃는다.
말 아껴 사는 일엔 그가 한 수 위!
그의 침묵 앞을 천천히 지나가기만 해도
안 보이던 삶의 자리 하나가
저녁 전철의 좌석처럼 슬며시 챙겨지지 않는가.
대답 대신 웃자.

솔방울은 기억할까?

오랜만에 산책길 바꿔 새 언덕에 오르다 만난
도끼질에 밑동만 남은 어린 소나무,
주위에 아직 덜 마른 솔방울들이 널려 있다.
생전에 솔방울을 몇 번 떨궈봤니?
허전한 곳 슬쩍 지나치듯 눈 돌쳐 가려는데
눈이 말을 듣질 않는다.
도끼 맞고 송진 내뿜으며 험하게 세상 뜬 나무의 아픔
솔방울들은 기억할까?
넘어지는 나무에서 떨어져 굴러 풀 속에 누우면서
이제 아픔과의 연줄 끊었다고 생각했겠지.
그러나 오늘 같은 날 혼자 우두커니 딴생각에 잠겨 있
을 때
도끼질 소리 문득 되살아나
아픔보다 더 격한 감정에 휩싸인 적은 없니?
솔방울 하나 집어 들고
냅다 던질 곳을 찾다 만다.

베토벤 마지막 소나타의 트릴

이마저 뭘 더 안다는 자랑일까?
세상에 나와
일흔아홉 해를 날려 보내고도 두 달 치가 더 날아간 지금,
그런 걸 자랑하던 때가 다 있었나? 있었다면,
아 뜨거! 봄비 속을 정신없이 달리던 젊은 나무 같던 때,
그때의 내가 부럽긴 부럽다.

이즘처럼
아는 것 모르는 것 다 합쳐도 별 감동거리 없는 초여름
저녁
늦게까지 혼자 집에 남아 옛 음악이나 틀고 있을 때
폴 루이스가 치는 베토벤의 마지막 소나타 끝머리에
지상에 잠시 걸리는 무지개처럼 건반에 올려져
마시던 녹차 색깔까지 아슬아슬 떨게 하는 트릴 한 토막,
창밖의 별들까지 떨고 있다.
이 세상에 이보다 더 절묘한 떨림 어디 있으랴.
이 트릴, 혹시 별빛 가득 찬 천국의 한 토막은 아닐까?
별 하나가 광채를 띠고 떨며 내려온다.
그래, 소나타도 트릴도 끝난다.

허지만 끝남, 끝남이 있어서
천국의 한 토막이 아니겠는가?

제3부

허리 꺾이고도

장맛비 갠 오후 짧은 산책 나갔다가
길가의 풀꽃 하나에 마음 빼앗긴 적이 있었다.
안과에 계속 다녀도 눈이 편치 않아
마음이 어디에고 자리 잡기 힘들어할 때
마을버스 종점 지나 서달산 가는 길에
뜻하지 않게 만난 씀바귀.
공사판에서 날아온 흙 조각에 맞았나
꽃대 가운데가 꺾이고도
땅으로 떨어지는 금빛 얼굴을 쳐들고 있었어.
흠집 하나가 얼굴 가운데 씨앗처럼 붙어 있었지.
자세히 보니 조그만 풍뎅이,
손 내밀어 날려버릴까 하다 그냥 놔뒀어.
그래, 벌 나비는 아니더라도
산 것에게 황금빛 쉴 자리 하나 마련해주는 게
허리 꺾이고도 얼굴 쳐든
한 꽃의 완성이 아니겠나.

손 놓기 1

절름대는 기억과 더뎌진 걸음걸이가
이인삼각二人三脚으로 언덕을 오른다.
새로 올린 나무 계단을 옆에 두고
나무뿌리가 발목을 잡아채기도 하는
낙엽 쌓인 길을 오른다.

하늘에는 하얀 낮달

잠깐 쉬려고 앉은 나뭇등걸 옆에
손가락처럼 길고 흰 꽃잎들을 늘어뜨린
꽃이 피어 있다. 이름이 뭐더라?
언젠가 수인사 제대로 나눈 꽃,
혹시 그 이름 뇌 피질 어디선가 찾아내
꽃의 고막을 간지를 수 있다면!
꽃의 말: 나도 언제부턴가
방금 온 발걸음 임자를 잊고 있었지.

낮달이 빙긋 웃는다.

손 놓기 2

비 막 그친 공기 속으로
다리 얽힐 듯 질주하는 몇 마리 말,
목덜미 뒤로 갈기들이 펄럭인다.
추억의 곳간에서 또 기억 몇이 도주하는군.
눈에 밟히는 녀석도 끼어 있겠지.
멀어져가는 말들,
어느 날 고개 숙이고 다시 나타나지들은 마라!

가만, 그쪽은 절벽,
하늘이 일순 위아래로 확 벗겨지는 곳,
말들이 번개의 뒷맛처럼 사라지고 나면
구름 한 점 없이 벗겨진 저녁 하늘,
너르고 훤하다.
같이 뛰어내리려다 멈칫했는가, 나무 하나
어깨에 둥지 하나 달고 절벽 위에 서 있다.
가지엔 주인 새가 외로울 때 움켜잡던
발톱 자국 남아 있겠지,
한뎃 새들이 와 놀다 간 자국이면 또 어떠리.

손 놓기 3

반딧불이 하나만 있었으면 하는 밤이 있다.
나의 불 오래 지켜보던 친구의 불빛
조금 전에 깜빡 꺼진 밤,
가로등 그대로 땅을 적시고
하늘에는 조각달도 그냥 떠 있다.
마을버스에서 내리는 취객의 발걸음도
그대로다.
그래, 고맙다, 지구, 커다랗고 둥근 곳,
어쩔 줄 몰라 하는 자에게도
서성거릴 시간 넉넉히 준다.
허나 눈앞에 반딧불이 하나 갈 데 없이 떠돈다면
지금이 얼마나 더 지금다울까.

화양계곡의 아침

지난밤 여러 사람과 꽤 마셔댔으니
말빚 많이 졌겠지.
자갈들이 서로 살갗 살살 간질이는 새벽 물소리
잠이 종잇장처럼 가벼워진다.
펜션 빠져나와 물가에 선다.
이게 몇 세월만인가?
여기저기서 물안개들 피어올라
안개구름 되어
산과 산 사이로 올라가 몸을 감춘다.
골짜기들 품이 생각보다 넉넉하군.
바로 눈앞 물 위에서 이리저리 달리는 저놈은?
아 소금쟁이, 내 정신보다 더 가볍고 빠르네.
군더더기가 없다.
산새 하나가 풍경風景 밖으로 나와
이리 와유 요리 와유 하며 뛰어다닌다.
이런 곳이라면
진 빚 못다 갚고 세상 뜨더라도
가볍고 밝은 잠 하나쯤 데불고 갈 수 있을 거다.

네가 갔다

네 스마트폰에서 온 마지막 문자
네 문자 아니더구나.
한밤중까지 펜션을 떠나지 않던 파도 소리,
아침엔 잠잠했다.

물가를 돌아다닌다.
바다는 내내 조용
발밑에서 쏘다니는 조그만 게들을 빼곤
물새들도 조용조용
바다 위를 떠돌던 저 허리 가느단 구름
소리 없이 허리를 끊고 두 구름 되었다.
조용히 물 나갈 때가 되었다.
그래, 이제 자리 뜨기로 하자.
바다에 넘겨줬던 눈 거두어들이기 직전:

바로 눈앞에서 배 두 척이 스치듯 서로 지나친다.
배들이 지나간 자리, 새로 태어나는 물결 위에
건들거리는 해, 그 옆에 또 하나의 해,
하늘의 해까지

해 셋이 건달들처럼 놀고 있는 바다,
돌치지 말고 그 눈 놔두고 가면 어때!

너는 두고 갔다

낮 안개가 걷히지 않았다.
너를 보내러 집을 나설 때
아파트 장미들이 사나와졌다.
전보다 아프게 찔렀어.

사람들이 국화 송이 하나씩 올려놓고 머리 숙이는
헌화대 위에 걸린 액자 속에서
네가 미소 계속 지을까 말까 망설이는 빈소를 나와
접대실 들러 조객들과 인사 나누고 내려오는 층계,
해변의 별빛 같은 걸 두고 가는 것 같아 주춤대다
발 한번 크게 헛디딜 뻔했지.

장례식장 밖은 안개 말끔히 걷힌 저녁,
유난히 크고 둥근 해가
지평선에 검은 눈썹처럼 새겨진 산 능선에 올라가
진분홍색 징을 쨍! 쳤다.
빙 둘러봤지. 사방이 텅 비었어.

체감 온도 영하 20도

싸락눈 흩뿌리다 갓 멎은 아침
동주민센터로 돌아가는 길모퉁이
새 날갯죽지 같은 어깨를 귀밑까지 올리고
밀차 뒤에 서 있는 야쿠르트 아줌마
억지 미소처럼 떨고 있다.
스웨터 껴입고 모자 눌러쓴 나도
동영상에 잡힌 맨발의 참새처럼 떤다.

밀차 앞으로 간다.
작은 제단 같다.
검지를 내밀면서 '야쿠르트 하나!'
아줌마가 치켜올렸던 날개를 내리고
밀차 뚜껑을 연다.
나도 치켜올렸던 어깨를 내리며 야쿠르트를 받는다.
떨림이 멎는다.
'야쿠르트 하나 더!'

대낮에 밤길 가듯

나뭇가지 손질하고 꽃밭에 물 뿌려
새들 모이는 조그만 뜰 하나 가졌으면 하던 꿈
사라진 줄도 모르게 증발한 게 언젠데.
지금도 겨울 아파트 엉성한 화단에서
엉긴 장미 가지 풀어주다 가시에 찔리고
산책길 언덕, 흰 눈 막 비집고 나온 노란 복수초 보고
이런 게 바로 사는 맛 어쩌고 하며 자리 뜨지 못하다니.

마음 그리 쓰다 보면
꽃들이 일제히 화들짝 속까지 내놓는 오늘 같은 봄날
옷 가볍게 입고 거리를 거닐며
요즘 애들 가슴 정신없이 예뻐졌어,
쇼윈도 하나 포스트모던하게 꾸몄군,
하며 즐길 겨를 없겠네.
신문과 텔레비에 자주 뜨는 이상한 사람들
내친김에 한바탕 더 이상해지시라! 부추기는 재미도.

그렇다, 밤 스키가 더 재미있다는 지금 세상에
숨은 술집도 아는 인사동 길을 대낮에

그대는 왜 야반에 초행길 가듯 걷고 있는가?

── 그래? 초행길보다 더 초행,

돼지뼈 감잣국과 35도 곡주 진로가 봄밤을 밝히던

카바이트 불빛 정다운 마이너스행 길을 걷고 있네.

── 과거로 숨지 말게.

── 숨는다고 숨어지겠나? 과거가 사람에게 와 등에
업히지.

안구주사를 맞고

한 달에 한 번 병원 침대에 누워
외눈 덮개로 얼굴 가리고
황반변성 안구주사를 맞고
거즈로 덮은 눈과 산동散瞳 약 넣어 초점 잃은 눈 위에
안경을 얹고
희미하게 놓인 구두 찾아 꿰 신고 병원을 나선다.
어른거리는 붉은 불빛, 걸음을 멈춘다.

9년 전인가 서천군 마량 선창가,
생선 부리는 배에 걸린 늘어진 깃발들이
안개 속에 갑오징어들처럼 매달려 있을 때
생선 잔뜩 실은 자전거 무게에 눌려
핸들 붙들고 꼼짝없이 서 있던 사내,
눈은 뜨고 있었던가? 잠깐이 한참이었다.
안개 저편에서 인기척처럼 경적이 울리고
핸들에 매달린 그가 자전거 바퀴에 끌려간 뒤에도
나는 거기 서 있었다.
용케 넘어지지 않고 안개 밖으로 빠져나갔군.
걸음 떼는 순간 내가 그만 발 헛딛고 비틀거렸지.

동공 열린 안구에 인기척처럼 푸른빛이 들어온다.

살짝 굳은 안개 같은 땅을 밟는다.

투명하게 걷자.

다 잘 보이는 땅에서 비틀댄 적도 있었어.

종이컵들
── 현충원에서

굵은 빗방울 이마를 때리자
주위를 에워싸는 빗줄기
서둘러 가까운 정자에 들어간다.
빗물 털며 벤치에 앉자 맞은편 벤치에 먼저 와 있던 사내
나보다 조금 젊어 뵈는, 표정이 장난스런,
눈웃음 보내며 신문지로 싼 병을 입에 댄다.
기울인 각도를 보니
빈 병이다. (안됐다.)
단념한 듯 병의 각도를 세운다.
위로하느라 '빗소리가 참 좋군요.'
그가 씩 웃으며 '비냄새도 좋죠.'

갑자기 내린 비 갑자기 멎자
둘은 비냄새 속으로 나간다.
조금 앞서 걸어간 커피 자동판매기 앞에는
비 긋기 기다린 사람 몇이 줄 서 있다.
두 컵 뽑아 들고 뒤돌아보니
그가 없다. 바쁜 일이 있나 보지.
'어쩌다 둘을 뽑았군요.'

그와 나이 엇비슷해 뵈는 사람에게 한쪽 컵을 건넨다.

순환로에 나서니 가뿐해진 세상
걸음 멈추고 공기를 깊이 들이마신다.
눈앞에서 비둘기 둘이 춤추듯 푸덕이고
사람들 말소리에 가벼운 비브라토vibrato가 실린다.
이런! 눈웃음 지으며 그가 양손에 종이컵 들고 나타난다.
마시던 컵 발치에 내려놓고
새 컵 받아 들고 한 모금 마신다.
'초여름 비 맛이군요.'
'짧은 비였지요.'
그리고 헤어졌다.

봄 진눈깨비
── 현충원에서

불현듯 공기에 무게가 실리더니
진눈깨비 내린다.
길섶 개나리 노란 몸들을 숨기고
현충원 둘러싼 서달산 능선들이 희미해지고
차갑게 흐르는 것이 머리에 얹힌다.
여기 정자 어디 있지?

세상일이 원래 한 치 앞이 안 보이기도 한다지만
꽃피는 봄날 진눈깨비 속에 들기는 난생처음.
봄도 몸살을 앓는가.
진눈깨비 속을 재게 걷는다.

나무둥치 같은 게 서 있어 다가가니
지팡이 짚고 있는 내 나이 또래 노인,
같이 가자고 손짓하자
물 흐르는 모자이크 속에서 부식되는 성화聖畵 같은
얼굴,
고개를 흔든다.
눈도 아니고 비도 아닌 봄의 엉뚱한 선물에

자신의 몸을 부식시키고 있는가?

엉뚱하게 길 없는 길로 차를 몰기도 했던 나,

몸 덜 적실 곳 찾아 잔걸음질 치고 있다니.

일부러 빨리 걸어 정자를 지나친다.

머리 돌려 뒤를 보다 건너뛴다, 아슬아슬.

제비꽃 아기자기한 얼굴들을 짓밟을 뻔!

나에게 묻는다.

과거에도 이런 바싹 건너뜀 있었나?

같이 찾아볼까?

감탄사가 감탄하게 내버려두세.

강원도의 높은 산들

강원도 고향에 다녀올 때 카페에서 그를 만나곤 했어.
늘 가기 전보다 그의 목소리가 밝았지.
그러나 이번에는
그의 음성 전에 없이 어두웠어.

'강원도 속으로 들어갈 때마다 나는
이게 얼마 만인가? 되뇌곤 했지.
침엽수들 사이로 부는 송진 냄새 가득 품은 바람과
금시 쏟아져 내릴 듯 굵어진 별들.
그런데 이번엔 마지막 지인이 고향 뜨기 때문일까,
그 별들을 이고 선 높은 산들이
별들을 가두고 있다는 느낌을 받았어.'

사람이 별을 보고 울고 웃든
점을 치든
사람들에게 맡기자.
세상이 온통 소란해도
별 하나 떨굴까 말까 덧셈 뺄셈하는 별나라의 일
별들에게 맡기자.

그러나 그 누구보다 별을 아끼는 그,

앞으로 며칠 밤 도시 구석에서 잠 못 이루고 몸 뒤척일 때

창밖에 별빛마저 있는 둥 마는 둥 하면

붙들 게 없어 허우적대는 마음 어디 부리랴?

강원도의 높은 산들이여, 가상현실로라도

쏟아질 듯 굵은 별들을 이고 와

넌지시 그의 창밖에 서주시게.

강원도 정선

들어오려거든 높은 재를 넘게.
숨 꼴깍대는 버스를 승객들과 함께 마음으로 밀며
비포장도로 꼬불꼬불 비행기재 넘어 처음 들어가 본 곳.
소월의 삼수갑산보다는 그래도 이 덜 시리겠지만
다음번 들어간 만항재 쪽은 더 험했어.
사람 냄새 묻지 않은 바람 소리 물소리
저녁이면 손바닥 두 개 하늘 빼곡 노래하던 별들
그리고 쑥 태우는 모깃불과 말 놓고 지내다
튕겨 나오곤 했지.

터널 뚫리고 길 포장되자 되레 발 더뎌져
몇 년 전 눈병으로 차를 버린 탓도 있지만
간다 간다 하면서 10년을 못 간 곳.
이마를 찡그렸다 폈다 하는 아우라지 물소리와
몰운대 뜬구름만 마음에 드나들던 곳.
오늘 텔레비로 읍내 오일장을 보게 되었어.
기분 좋게 떠들썩한 장터도 좋았지만
스치듯이 보여준
타고 내리는 사람 없이 기차 서는 간이역과

역사 앞에

몰래 울다 마음 확 벗었는지 끼끗한 부용 몇 송이가

와락 마음을 부여잡았지.

언젠가 기쁨, 아픔, 영글다 만 꿈 같은 거 죄 털리고

반딧불보다도 가벼운 혼불 될 때

슬쩍 들러붙어 하얗게 탈 빈집 처마 같은 걸 찾다가

내가 왜 이러지? 홀연히 꺼지기 딱 좋은 곳.

날개 비벼 펴고

바람이 이는가, 꽃잎들 자욱이 흩날린다.
한창때는 그들이 날아다니는 벽화였지.
꽃잎들 땅에 내려 뒤집히다 말다
꽃길 하나 깔리네.

이즈음 꽃 지는 기척에 왜 이처럼 신경 쓰이는지.
마지막 날이 오면 나비나 벌처럼 조그맣고 가벼운 것
이 되어
꽃잎들에게 바쁘면 먼저 자리 뜨게! 하고
혼자 천천히 날아갈 텐데.

독무 멋지게 추고 자리 뜨는 모양새도 춤이 되는
호랑나비는 못 되어도
꽃비 맞고 황홀해져 날개 새로 비벼 펴는 보통 나비가
되어
날아가다 꽃길에 슬그머니 몸을 눕힐 수는 없을까?
앞을 봐도 뒤를 봐도
삶의 짐 다 부려놓고 홀가분하게 누워 있는 꽃잎들.
휘몰이바람 불 때

100

다 함께 다시 한번 공중으로 날아오를 수는 없을까,
날개로 날든 몸통째 바람에 날리든.

쇠기러기 소리

봄 저녁 하늘에서 문득 들려오는
목이 조금 쉰, 귀에 익은 쇠기러기 소리,
일부런 듯 오래 잊고 살았구나.
만난 김에 물어보자.
'이번 가을에 다시 올 거지?
혼자 올 건가,
자식들 먼저 보내고 느지막이 올 건가?
이번 여정, 좋았는가 나빴는가?'
귀에 날아온 그의 말:
'다 내려놓고 가네.
좋은 일 있었고 나쁜 일도 있었겠지.
내 자리 비워놓지 말게.'

자귀 씨 날다

이른 낙엽 땅에 쏟아붓다 새파래진 바람 속에
자귀 씨 하나 보일 듯 말 듯 날고 있다.
눈에 간신히 띌 만큼 작아 마음이 놓이지 않는다.
어미 새가 날 때 된 새끼 둥지에서 밀쳐버리듯
꼬투리가 마음먹고 튕겼겠지.

가게.
꼬투리가 튕겨낼 때
어쩔 줄 모르는 척 바람에 올라타게.
일찍 단풍 든 덤불, 새로 낸 도랑,
도랑에서 푸덕대는 새들,
아니면 서둘러 길 나서는 나비들을
하나씩 하나씩 만나고 헤어지며 가게.
바람이 내렸으면 한다고 쉽게 내려앉지 말게.
할 수 없이 내릴 때면
나는 나다! 하고 공중에서 몇 번 구르게.
하늘은 파랗고 땅은 누렇다.
하늘과 땅이 그대 구르는 걸 보고 있네.

수평선이 담긴 눈동자

초원에 쓰러져 다리 버둥대는 가젤의 눈동자
놀란 듯 동그랗다.
그의 목을 암팡스레 물고 있는 치타의 눈동자
조심스레 세로로 째졌다.

가만! 에게 해변에 엎드려
얼굴 반을 모래에 묻고 반은 바닷물에 적시고 있는
세 살배기 시리아 아기가 마지막으로 눈에 담은 수평선,
그의 가로로 금 간 눈동자는?
물새 날지 않고 파도도 잠든 물가
내 마음은 그를 놔둔 채 모래밭을 빙 돌아 걷는다.
눈동자에 수평선 긋고 간 아기를
에돌아 가지 말게, 누군가 정색하고 속삭인다.
그런가? 내 마음의 족적足跡 드러났으니
우리 함께 곧장 아기에게 가보세.

시가 사람을 홀리네

매일 같은 방향에서 머리 내미는 게 지겹다고
둥근 해 서녘에서 뜨는 일 없고
산책길 언덕 꽃들이 모여 수다 떨다
서로 냄새 바꾸는 일 없지만,
늘 뽑는 시의 맛 조금만 맥없이 뽑아내도
싱거운 천이라고?

가을꽃들도 비 개면 다들 전보다 더 튀는데
시인이여, 시의 무늬 짤 때
탁탁 튀게 짜시게.
올해는 단풍들도 전과 달리
죽든 살든 나 몰라라 타고 있네.
약포에 들러 사약死藥 잔뿌리라도 조금 구해
저세상 가는 한 모금일지도 모를 술 한 병
옆에 재어놓고 짜시게.
시가 몰래 마시려 들면
(시는 이 세상 모든 걸 다 맛보려 들지)
떨게. 시의 이름으로 떨게.

조그만 포구

삶의 폭 점점 졸아들다
조그만 포구 되었다.
하루에 버스 한 번 들고나는 곳.
눈인사하며 지내던 사람
다시 보면 뵈지 않고
빈집에 안개처럼 피는 꽃들.
파도가 밀려와 조그만 방파제 넘다
물보라 되고
가을이면 단풍이 뒷산을 듬성듬성 색칠하다
다시 보면 빈 나무들만 남는 곳.

아침이 있어도 좋고 없어도 좋지만
조그만 고깃배들이 아침을 데리고 온다.
어떤 날은 버스가 안 들어오고
파도가 파도를 무동 타고 방파제를 넘기도 한다.
공중에 뛰어올라 빛나는 물고기도 있다.
속으로 소리 친다.
떨어지기 전 방파제 끝에 액막이 제웅처럼
뻣뻣이 서 있는 인간을 내려다보게.

그러곤 공중 맛을 본 몸뚱어리를
타악! 출렁대는 삶 한가운데로 내리꽂게.

제4부

나의 마지막 가을

이름이 나타났다 사라졌다 하는 조그만 산골 절터,
내가 마지막 가을을 보낼 곳은 여기다.

성긴 풀밭에 검은 주춧돌들 아무렇지 않게 뒹굴고
각자 자기 곡선 그리며 내린 낙엽들이
잔바람에 이 구석에 몰렸다
저 구석에 몰렸다 하는 빈터.
산새 하나 부리가 시린 듯
짧게 짧게 울다 말다 한다.
적막寂寞 같은 건 없다.
늦가을 저녁, 남은 햇빛 속에
우박이 와르르 풀밭에 튕기며 환하게 내리고
이 빠진 가사로 옛 노래 흥얼대다 우박 맞고 얼얼해져
어디에 와 있는지도 모르게 되는 곳.
어떻게 여기까지 왔는지, 이제 어디로 가는지,
굳이 물으시겠는가?

홍천 구룡령九龍嶺길

세상이 느닷없이 모습 바꾸는 곳과 만나는 일은
삶이 어쩌다 던져주는 짜릿한 선물.
비 퍼붓고 천둥이 운전석에까지 들어와 울고
번쩍번쩍 번개가 위험 신호 계속 보내오는데
하룻비에 넘치듯 흘러오는 홍천강을 끼고
전조등 하이빔으로 올리고 날리는 낙석 피하며
때로 차 몸에 잔돌을 맞아가며
천천히 산속으로 산속으로 올라간다.
구룡령을 넘는다.

멈칫하는 사이에 갑자기 앞길이 활짝 트이고
더 이상 산속이 없다.
천둥 번개도 빗줄기 낙석도 없다.
꽃 한 무리 별무리처럼 모여 있어 차에서 내리자
도시에선 사라진 싱싱한 햇빛이 사방에 넘친다.
자디잔 무지개 빛깔로 떠다니는 빛도 있다.
새들의 소리에도 빛이 묻어 있다.

가만, 언젠가 저세상으로 넘어갈 영嶺길도 이럴까?

되돌아본다.

힘들게 넘은 고개답게 의연하다.

다시 한번 영을 올려다본다.

어차피 넘을 수밖에 없는 고개라면

그 너머가 햇빛 넘치는 곳일까?

천둥 번개 치고 낙석 날리는 곳일까?

비가 때맞춰 내려주지 않으면

구별하기 힘들 것이다.

오늘은 날이 갰다

며칠 동안 하늘과 마음을 가득 덮었던 먹구름
검은 비 몇 번 뿌리고,
오늘은 하늘에 온통 비늘구름
환히 날이 갰다.
지하철 출구를 나오는
오랜만에 연락 닿아 만나는 네 얼굴도 갰다.
네 뒤에서 비치는 저녁 햇빛 새삼 눈부셔
안경을 벗으니
순간 아무것도 뵈지 않다가
나타나는 네 얼굴에 슬그머니 겹쳐 보이는,
무교동 청진동을 횡보하던 한창때의 얼굴,
우리의 얼굴!
우리 둘이 청진동 해장국집에 시계 맡기고 나오며
같이 불렀던 「스텐카 라진」의 여운도 들어 있는.
맡긴 시계들이 들으라고 목청 더 높이 불렀던가.
그때 콘크리트 덩이에 넘어져 생긴 네 턱의 상처
이제 뵈지 않는구나.
그래 웃자.
오늘은 날이 갰고 우린 만났다.

어쩌다 저세상 가서도 서로 연락이 닿으면
오늘처럼 비늘구름 환하게 뜬 날 만나자.

차와 헤어지고 열흘

10년 동거한 다섯번째 차를 눈병으로 처분하고 열흘
우울증이 가볍게 왔다 갔다.
황반변성으로 눈 더 어두워지면 차 어떻게 몰지?
하던 걱정도 갔다.
허나 동굴처럼 캄캄했던 베토벤 귀에는
세상 뜰 때까지 소리의 불빛 철철 흘렀을 텐데.

준지방도로보다 훨씬 험한 길들도
마다 않고 차를 몰아준 눈이여,
앞으론 길 건널 때 다른 차들에 조심하자.
무단 횡단하는 어린이를 피할 때
바싹 달라붙는 오토바이를 아슬아슬 잡아내던 눈,
버스 창밖에 날리는 은행잎들에 넉넉히 내준다.
번잡한 길에서도 은행잎은 은행잎답게 날리는군.
물들다 만 잎을 달고 있는 저 나무, 어디 아픈가?
잠깐! 나도 모르게 없는 브레이크를 밟는다.
버스가 속도 확 줄이며 몸을 뒤챈다.

새로 만난 오솔길
── 차 처분하고 한 달

한 달 동안 대학 앞 정거장에서 버스를 내려
명예교수 연구실로 올라가던 가파른 언덕길 놔두고
한 정거장 미리 내려 오솔길을 찾았다.
오른편으로 찻길 꼈지만 점점 높아지며 한적해지는 곳,
나무들 아직 어리고 성기지만
낙엽 가득 쌓여 길은 푹신푹신하다.
낙엽 썩는 냄새!
그래, 썩을 땐 낙엽처럼 군소리 없이 썩고 싶다.
숲속 외딴집에 홀로 사는 사람,
만날 가닥 없이 찾아가듯 썩고 싶다.
이곳엔 외딴집이 없다는 것,
홀로 사는 사람도 없다는 것,
그런 건 조금 늦게 깨닫는 게 놀라며 사는 방도라고
연구동棟 길 갈리기 직전 발밑에서 화다닥
박새가 조금 늦게 뛰쳐 오르며 일깨워준다.

선운사 동백

벼르고 별러
이번이 마지막, 하며 찾아왔다.
전보다 개화 이르리라는 말을 듣고 달려왔다.
허나 선운사 동백은
이번에도 만개하지 않았다.
여기 한 송이 저기 또 한 송이
쑥스러운 듯 입술 열락 말락 하고 있었다.

이번에도 허탕,
정말 연이 없군! 돌아서는데
누군가 자신을 타이르듯 속삭였다.
'봄물 막 오르는 산과 들을 질러 오는 차창에
봄 그림에 자주 오르는 뭉게구름 내내 피어 있었지.
그것만으로도 제값 한 걸음이네.'
속삭임이 이어졌다.
'몇 번 찾아와 못 보고 가는 것도 좀 있어야
마지막 가는 길 그만큼 가벼워지지 않겠나?'
하긴 그렇기도.
언젠가 이 세상 두고 나갈 때

최근에 불새가 불 속에서 불씨를 쪼듯
잊지 못할 민어회 맛 한번 진하게 쪼은 신안군 임자도를
모르는 척 놔두고 갈 순 없겠지.

이 겨울 한밤

보청기 끼고 나서 나도 모르게
소리 안 나게 문을 여닫곤 한다.
누가 들을까 봐도 아닌데
그리운 문소리도 있는데.

귀 조금 밝히고 보니 이즘 사는 일이
조약돌 밑으로 꼬리 감추는 눈석임물 같다.
흐르긴 흐르는가?
흐르는 감각만 남았는가?

감각들이 연필심처럼 무뎌지고 있다.
창밖 어둠 속에 싸락눈 기척 분명한데.
눈과 귀는 창 앞에서 더듬댄다.
차라리 다 쓴 볼펜처럼 이만 끝! 하는 게 낫지 않을까?

정말 그럴까? 오디오에선
청각을 뿌리까지 잃은 베토벤이
소리의 어둠 속에서
소리로 노래하고 소리로 몸부림치고

소리로 깊어진다.

겨울밤이 깊어 저릿저릿하다.

사람에게서 사람을 지우면

오래 정성 쏟아붓던 텃밭 지우듯
지우고 싶은 사람을 지우면 무엇이 남을까?
잡풀 웃자란 남새밭?
낙엽을 쓸다 바람 가버린 가로수 길?
새벽에 예고 없이 동파된 수도?

힘든 추억 하나 눅이려고 빌린 외딴집
새벽에 눈 그치고 물이 그친다.
물 데우는 일 거르고 눈 가득 담긴 마당으로 나간다.
흐린 하늘 아래 눈 쌓인 언덕배기 하나
가까운 신기루처럼 떠 있다.

문득 탁탁탁 소리, 눈가루가 뿌려 올려다보니.
붉은색 검은색 흰색 회색 그리고 갈색 조금,
색색으로 그러나 튀지 않게 옷 입는 새 하나가
나무 위 단색 공간에서 눈을 털고 있다.
'아 오색딱따구리!'
누군가 함께 감탄하는 기척 있어 주위를 둘러본다.
뵈진 않지만 그 누군가도 나처럼 손 내밀어 눈가루 받

으며

나무 위를 올려다보고 있다.

다시 뿌려지는 눈가루, 딱따구리 탁탁탁.

'탁탁, 오래 같이 떠돈 사람 마음에서 지우면

지워진 사람 어디 가 떠돌겠나?

눈으로 눈이 지워지겠나? 탁탁탁.'

이런 봄날

유난히 추웠던 겨울 지나가고
꽃샘추위도 왔다 갔다.
주말이 낀 지난 사흘
가득 충전해놓은 휴대폰이 내내 침묵하고 있다.

서달산에 오른다.
온 산 봄기운 반갑다.
아지랑이 덜 어른대는 외딴 바위 아래 핀 꽃,
아 이름을 잊었구나!
머리 한참 굴려봐도 생각나지 않는다.
필요 없을 때 슬그머니 떠오르겠지.
다음번 만날 땐 이름 대신 그저 야 예쁘다! 하자.
꽃이 대번에 표정으로 대꾸한다.
'누구나 다 그러던데.'

길 표지판이 비뚜름히 서 있는 갈림길 지나
휘돌아 가는 길.
발길 조금 깊게 길섶으로 들여놓았는지
후다닥 다람쥐 하나 잽싸게 나무에 오른다.

허나 등에 갈색 줄 다섯 긋고 동그랗고 새카만 눈
꼬리 살짝 쳐든 다람쥐가 아니고,
아뿔싸, 청설모가 당당하게 내려다본다.
'놀래키긴! 그런 처진 발걸음 가지고.
앞으론 그냥 서서 지나가는 널 쳐다볼 거다.'

그 무엇을 만나도
다른 만남이 되는 봄이 왔군.

지우다 말고 쓴다

입에 달고 살던 것들이 곧잘 잊힌다.
세상과 멀어진다는 거 아니겠어.
한참씩 만나지 않으니
50여 년 알고 지낸 이들의 이름도 가물가물
꽃, 새, 새소리, 동네 이름들
모르는 새 많이들 길 떠나갔네.

그러나 가다가 뒤돌아보는 것들도 있다.
몇십 년 만인가? 지난여름 소백산 기슭에서 보낸 하룻밤,
그냥 흘려듣던 개구리들의 육성肉聲,
생각보다 속이 꽉 밴 소리다.
아침 새들의 기척에 뜰로 나가자
고개 까딱까딱 흔하디흔한 참새들
하나하나 뜯어보니 뭘 더하고 뺄 게 없는 완벽한 새.
건너편 골짜기에 올려진 다랑논들도
한 치 드팀없는 지知적 금들을 긋고 있다.
맨 아래 금 안에
하얀 왜가리 하나 외발로 꼼짝 않고 서 있다,
가만, 내가 하다 하다 제대로 매듭 못 짓는

명상瞑想의 원모습이 아니겠나.

무엇이건 고여 있는 곳이면

무엇이건 고여 있는 곳이면
돌을 던지는 친구가 있었다.
정신이 딴 데 고여 있는 사람을 보면
가차 없이 돌 맛을 보여주곤 했지.

허나 우물에 돌 던지면
퐁 소리 들리고
물무늬 둥글게 번지다 사라지고
다시 돌 던지기 전 우물 되듯
제자리걸음이 되곤 했지.

무엇이건 고여 있는 곳이면
돌을 던지는 친구가 있었다.
그의 돌,
우물을 한번 들었다 놓을 그런 돌은 아니었어.
그러나 어떤 우물에서는 그의 작은 돌들이 쌓여
물 위로 나오기도 했지.

무엇이건 고여 있는 곳이면

돌을 던지는 친구가 있었다.

그가 세상에서 훌쩍 나가버린 날

여기저기서 꽃잎들이 날아와

막 고이기 시작하는 그의 추억에 떨어졌지.

꽃잎들, 처음엔 뵈지 않던 붉은 동백까지

지금도 그대로 떠 있다,

물가엔 웬 돌도 하나.

한밤중에 깨어

출석부 고쳐 들고 강의실 문을 여니
다른 교수가 강의하고 있었다.
'미안합니다.' 문 닫고 보니 내 강의실은 다른 건물.
밖에 나와 아무리 찾아봐도 그 건물이 없다.
꿈이 끊긴다.

개꿈이군, 끊기길 잘했어. 돌아눕는다.
잘하긴 뭐가 잘해?
며칠 내 쓰다 쓰다 끊긴 시의 소리,
찾아봐, 그 건물을!
내일 보자, 내일 아침.
내일 아침이 언젠데?
이 밤 지나면 내일 아침.
그땐 강의실 번호마저 지워질 거다.
다시 돌아눕는다.
잠이 이어지지 않는다.
불을 켠다. 새벽 2시 반.

끊긴 시에 길을 낸다.

더 나가지 않아 다른 길을 낸다.
이번엔 길이 습지로 들어가는군.
지우고 다시 길을 낸다.

가만, 저게 무슨 소리지?
창밖에 무언가 내리고 있다.
창을 여니 이슬빈지 안개빈지
물기가 자욱이 내리고 있다.
문득 밤이 몸을 부르르 떨어 물기를 턴다.
나도 몸을 부르르 떤다. 머릿속이 하얗다.

아직 저물 때가 아니다

여기에 있는 것 저기에도 있다.
문학과지성사 저녁 모임에 흘러든 말
사당동패* 저녁 모임에서도 듣는다.
지난번엔 두 저녁 다
길만 살짝 적시는 가을비 내렸지.

서울 낙엽들이 춤추며 떨어지니
아끼는 후배들이 보석처럼 박혀 있는
대구나 전주에서도
황엽 홍엽 춤추듯 날리겠지.

여기서 찾던 것 저기서 찾기도 한다.
안부 전화 둘이나 받고도
어슬어슬 마음이 덥혀지지 않는 늦가을 날,
인사동에 나가 삼가던 낮술 한잔해도
휑한 마음 충전되지 않는다.
두 발을 거기 남겨두고
대구 계산성당 앞이나 전주 한옥마을 속을 걷는다,
전화 걸까 하다 찻집에 들러

그곳 특산 차를 마신다.

창밖으로 가을 오후가

노인이 셰퍼드를 몰고 가는지

셰퍼드가 노인을 끌고 가는지

느슨하게 그러나 틈새 없이 지나가고 있다.

셰퍼드와 노인이 지나가도 사라지지 않는다.

그래, 아직 저물 때가 아니다.

* 서울 전철 사당역 부근에서 월말마다 만나는 시인과 비평가 들
모임.

어디로?

11월이 아직 며칠 남은 날,
혈압약 챙길 시간 다 되어도 창 훤해지지 않고
늦가을 꽃들 하나둘 다 제 갈 길 떠나고
서달산을 다색多色으로 물들이던 단풍들도
땅에 내려 검은 흙이 되고 있다.
오지 마라 해도 오고야 말 다음 해의 발걸음
날짜 꽤 남았는데도 기척하기 시작했다.

아침 산책길, 늘 그냥 지나치던 조그만 빈터
서리 옷 환하게 입고 반긴다.
걸음 멈춘다.
북쪽 하늘에서
한쪽이 조금 짧은 알파형 기러기 한 줄 날아온다.
언젠가처럼 뒤처져 나는 기러기 하나.
뒤처져 날면 마음 되게 시릴 텐데.

아침 바람 찬바람에
울고 가는 저 기러기.
우는 기색 없지만

모르지, 속으로 울지는.
우리 선생님 만나거든
엽서 한 장 써 주세요.
써 주지, 써 주고말고,
선생님 말씀:
뒤처진 기러기, 혼자 날게 내비둬!
구리, 구리 구리 구리 가위 바위 보,
진 사람은 빨리빨리 나가주세요.
나가라니, 어디로?

어디로?
빈터가 받는다.
마음 시릴 견딜 수 있는 곳이면
그 어디나 다 어디.

차 마시는 동안

낮부터 찬비 뿌리며 한기가 몸에 스며드는 저녁
녹차 물 따끈히 끓고 있다.
포트의 전기 끌까 말까 하는데,
문자가 떴다.
몇몇 병원들을 제집처럼 드나들면서
강연도 하고 산문도 쓰고
특집 시편까지 손보고 있다니
목표 향해 쉼 없이 걸어가는 모습 돋보입니다.
아 내가 언제 삶의 목표 같은 걸 세운 적 있었던가?
창밖에선 천천히 마른 우레 친다.

길지 않게 사는 동안 꽃 몇백만 채를 방문한다는 꿀벌이
'새 꿀샘 찾았다, 날 따르라!'는 다른 벌의 8자형 춤 따
르지 않고
혼자 시든 꽃을 계속 찾아다닌다는 말인가?
아니면 도중에 침 내쏘고
장렬하게 쉴 기회를 놓쳤다는 말인가?

차 반쯤 마시자 비 두텁게 쏟아지기 시작한다.

번개 번쩍! 황금 칼로 순간 밤하늘을 찢었다가
흔적 없이 기워놓는 저 번갯불.
그래, 몰운대 벼랑머리의 벼락 맞은 소나무처럼
벼락 맞을 자리에 올라보지도 못했다 이거지?
번개는 없고 기운 자리만 보인다고?
그 자리보전!
기운 자리를 몸에 새기고 가겠다.

늦겨울 밤 편지

철새도 날지 않고 눈도 내리지 않는 겨울밤도
별들이 빛나면 견딜 만합니다.
강원도 산골이라면 물론 좋지만
서울도 근교만 벗어나도 괜찮지요.

보름달 둥싯 뜬 가을밤에 철새들이
조금씩 다른 알파형 그리며 나는 광경은
우주의 그림이지만,
겨울밤 하늘
초거성이 돼 사라진다는 오리온 별자리의 붉은 별과
나일강 범람 미리 알렸다는 시리우스별
그리고 북쪽 하늘의 붙박이 북극별,
이들이 만드는 거대한 세모꼴도 볼 만합니다.

달은 있어도 좋고 없어도 그만입니다.
오리온의 붉은 별이 이미 폭파되어 빛만 남아
지구의 현재로 오고 있는 과거의 별이라 해도 좋습니다.
우주가 변하지 않는다면
인간이 변하는 꿈을 어떻게 꿉니까?

세모꼴 주변의 잊었던 별자리 하나를 찾던 중
못 보던 조그만 철새 무리 하나
엉성하게 알파를 그리며 그 자리에 들어옵니다.
새봄이 출몰하기 시작했군요.

여기가 어디지?
── 알고 보니 털별꽃아재비였군

이게 무슨 꽃?
발길을 멈춘다.
엄청 큰 애벌레처럼 냄새 역하게 꿈틀대는
쓰레기 더미 막 벗어난 곳,
숨 한번 깊이 들이쉬자
무슨 일이신지? 바싹 다가서는 꽃.

몸엔 털 수부룩, 동그란 초미니 해바라기 얼굴
꽃 가장자리 빙 둘렀던 꽃잎 모두 뽑히고
공작 가위로 오린 듯 쬐끄만 꽃잎 다섯을
듬성듬성 붙인 꽃.
의아한 표정 지으려다 슬쩍 미소로 바꾸는
늙은 광대 같은 꽃.
같이 미소 지으려다 마음이 섬뜩, 늙은 광대라니?
주위를 둘러본다.
여기가 어디지?

── 어디긴, 발길 멈춘 곳이지.
'여기'를 얼마나 더 벗어나야

험지에서 '이게 납니다' 꽃 피운 자와

딴생각 없이 미소 나눌 수 있는

여기가 아니어도 좋은 여기에 닿게 되겠는가?

일곱 개의 단편斷片

나이 여든 생일을 앞두고 이백李白을 새로 읽으니
슬픔과 시름 사이의 간극이 새로 느껴진다.
슬픔은 그의 시 여기저기 서리처럼 박혀 반짝이지만
시름은 그의 시 속에서 장강長江으로 흐른다.

*

감각이 시들어도
아픔은 방금 뱀 입에 물린 개구리같이 생생하다.
아픔을 노래하자.

*

돌이켜보는 청춘은 늘 찡하다.
삶에서 추억이 제일 더디 가는가?

*

시를 쓸 때 말을 비틀라는 말을 듣는다.
말을 비틀다니! 그건 개그맨의 일.
시인은 말에 의해 비틀리는 자이다.
말에 비틀리면 비트는 말의 근육과 뼈가 보인다.

*

선사들의 선문답을 읽을 때
문답하는 자들의 삶이 뚜렷하다.
그런 삶 없이 씌어지는 선시禪詩엔
말을 뛰어넘으라는 말만 가득하다.

*

연구실 벽에 걸린 마크 로스코의 그림을 가리키며
비평가 오생근이 말했다.
'지루하지 않습니다.'
내가 덧붙인다.
'속이 안 보입니다.'

*

사랑과 죽음, 이 두 가지는
AI가 앞으로 계속 체득하려 들 것이다.
그러나 AI가 마지막으로 가지고 싶어 할 것은
우리가 '비밀'이라고 부르는 것이 아니겠나.

143

시간의 손길
— 봄비 소리를 들으며

새벽에 문득 깨어 듣는 봄비 소리
굵게 시작해 성글어진다.
또다시 굵어지겠지.
추위에 몸 잔뜩 움츠리고 날거나 기던 것들
뿌리 붙잡고 삼동三冬을 견딘 나무와 풀 들
꼬았던 몸들이 풀리겠지.
오랜 심통이 풀려
마음이 헐렁해진 사람도 있겠지.

꽃들이 작심하고 무대에 오르고
나비와 벌 들이 정신없이 오가고
다시 보면 꽃자리에
크고 작은 열매들이 정성껏 앉혀진다.
구름의 옷자락 점점 짧아지고
나무들에 단풍이 올랐다가 내려오고
잠깐 한눈팔다 보면
열매 있던 곳이 텅 비었다!
빗소리가 다시 굵어졌다 멎는다.
꽃, 열매, 텅 빔, 이 세 자리를

하나같이 손보는 시간의 손길,

어느 한둘만 보고 삶을 꿰찼다 할 수 있겠는가?

삶의 앞쪽

해 질 무렵
해 넘어가는 곳으로 몰려가며 불타는 조개구름들
저녁 해 받으며
둥지로 가는 새들이 서로 주고받는 나직한 날갯짓들
다 한없이, 한없이, 마음 끌지만,
내가 갈 때는 삶의 앞쪽
해 동트는 쪽으로 몸 돌린 채 가게 해다오.
동해안 펜션이 좋지만
해 돋는 곳이면 그 어딘들 어떠리.
어떤 파스텔 톤이 제대로 뜰 수 있으랴,
어둑한 하늘 한켠에서
지상의 밝은 꽃잎들 가려 모아 우린 꽃물
스멀스멀 번지는 저 황홀을?

그래, 다시 하루다,
꽃잎 흩날리는 하루, 낙엽 밟히는 하루를
가리지 않고 살았다.
그 하루들 가운데 내일이 도통 뵈지 않는 하루엔
나도 모르게 향하던 방향을 잊지 말자.

언젠가 몸이 망설이다 마음 덜컥 내려놓으면

그 방향에서 생판 모를 형상으로 죽음이 동틀 거다.

혹시, 무심히 지나치던 고인돌들이

벌떡 일어나 배꼽춤 추는 황홀?

거기까지!

산문

지난 50년 가까이 우리나라의 거의 모든 시집 뒷자리를 장식해온 해설 대신 나의 시 이해에 도움이 될 짧은 산문 두 편을 싣기로 한다. 외국 시집들엔 뒤에 붙이는 해설이나 사설 같은 게 없다. 이 두 글도 가까운 장래에 산문집을 엮을 계획이 있다면 이 자리를 빌릴까 말까 망설였을 것이다.

첫번째 글은 지난해 문학동네에서 계간지 『문학동네』 25주년(100호) 기념 특집 부록을 내며 여러 문인에게 자신의 문학 과거 현재 미래를 점검하는 글을 청탁했고 그 청탁에 응한 글이다. 이 짧은 글 속에는 내가 시를 쓰기 시작하던 시기의 우리 문학 특히 시가 처했던 상황이 들어 있고, 내가 시작한 '극劇서정시'의 실체가 무엇인가에 대한 간단한 답이 들어 있다. 그리고 시 쓰기가 점점 더 힘들어진다는 고백이 있다.

두번째 글은 얼마 전부터 내 시에 뚜렷하게 등장하는 한 예술가, 특히 이번 시집에 여러 차례 등장하는 예술가와 함께 살아온 내 삶의 기록이다. 내가 아끼고 존중해온 서울대 영문과 제자로 전북 지역 문화 펼침의 핵

심으로 일해온 전북대 이종민 교수가 교직 은퇴 기념
으로 지인들의 글을 모은 『내 인생의 음악』이라는 책을
출판한다고 받아 간 글이다. 그도 음악을 무척 사랑해
서 한동안 주위 사람들에게 계속해서 이메일로 음악 편
지를 보낸 바 있다. 내가 음악을 사랑하게 된 경위와 음
악 사랑과 겹친 내 시의 음악적 성향에 대한 조그만 안
내의 글이 될 것이다.

나의 문학 25년×2.5

『문학동네』100호 출간을 축하하기 위해 무슨 말을 할까? 지난 25년간 한결같이 문학의 속내를 보여주고 또 그 속내를 넓혀온 뛰어난 문학 계간지의 백번째 출범을 무슨 말로 새길까? 그저『논어』식으로 하자.『문학동네』가 백 번이나 좋은 일을 해냈으니 그 역시 기쁘지 아니한가!

주어진 설문: '내 문학의 과거-현재-미래는?' 인생이란 무엇인가라는 물음처럼 힘들고도 쉬운 질문이다. '나에게'라는 조건을 붙여도 크게 다르지 않다. 과거의 나에게 문학은 험한 산지였다. 지금은 막막한 들판, 미래는 노을 한 자락이 묻은 채 저무는 바다가 될 것이다. 그럴듯하지 않은가? 게다가 지금 나의 문학엔 현재 미래가 따로 없다.

그러나 할 이야기는 조금 남아 있다. 나는 20세기 초중반에 세계적인 시의 사조였던 초현실주의와 모더니즘이 퇴조하는 시기에 시를 쓰기 시작했다. 사방을 둘러봐도 매력 있는 시 이념이 따로 없었고 자기 자신의 삶을 형상화하는 시를 쓰는 시인들이 있을 뿐이었다. 약간의 시차는 있겠으나 내가 동시대 시인이라고 생각한 영국의 필립 라킨, 미국의 실비아 플라스, 아일랜드의 셰이머스 히니, 러시아의 요세프 브로드스키는 모두 어느 사조에 넣기 힘든 시인들이었고, 각자 자기 나름대로 삶을 작품화하는 일을 하고 있었다. 이들의 공통점은 대학교수직을 생업으로 삼지 않았다는 사실이다. 나는 운이 좋아 서울대 교수가 될 수 있었으나 차차 교수직이 시인에게 치명적일 수가 있다는 사실을 깨닫게 되었다. 시를 논리적으로 조직하려 들거나 시로 뭘 가르치려 드는 자신을 보게 된 것이다. 예술은 보여줘야지 가르치려 들어서는 안 된다. 대학교수직은 시인이나 소설가가 비교적 자유로운 정신의 소유자인 다른 교수들과 함께 살게 하는 축복이요 동시에 문학적인 무덤이 되기 쉽다. 교수 생활을 하며 줄곧 싸워야 했던 주 대상은 나 자신이었다.

당시 국내 상황을 살펴보자. 초기에 나에게 대단한 영향을 끼쳤을 미당은 어느새 극복 대상으로 바뀌었고, 그 또한 어느 카테고리에 넣기 힘든 시인이었다. 다음에 만난 김수영 김종삼도 초기엔 모더니즘 체취가 들어 있는 시를 썼으나 곧 자신들의 삶을 형상화하는 일을 시작한 시인들이었다.

자기 삶의 형상화라는 화두에서 '자기 삶'을 마련하

기 위해 나는 현실의 소리에 정열적으로 귀를 기울이기도 했고 그런 시를 쓰기도 했다. 선불교에 심취하기도 했다. 불교 자체와 가깝게 해준 이는 대학에서 같이 근무한 국사학과 최병헌 교수이지만 생존해 있는 그와의 이야기는 후에 기회가 오면 하기로 하자. 선불교에 대한 서적이 거의 없던 시절, 마침 하와이대학에서 고려의 지눌 연구로 학위를 받고 대학에 온 고故 심재룡 교수의 영어로 된 경전과 선불교 어록들이 선 이해에 많은 도움을 주었다. 복사본을 만들면 원본이 손상되곤 했으나 흔쾌해 책을 빌려주고 질문에 응해준 그의 명복을 이 자리에서 다시 빈다.

그러다 보니 삶을 형상화시키는 내 나름의 방식이 필요했다. 명칭은 나중에 붙였지만 내 방식 즉 '극서정시'는 초기부터 있었다. 최근에 와서는 길더라도 단막單幕이 주가 되었지만 나처럼 연극의 막이나 장처럼 번호를 붙인 시를 많이 쓴 시인은 드물 것이다. 연극처럼 무슨 일이 일어나 시적 자아를 변모시키는, 종교적인 용어를 빌리자면 거듭나게 하는, 시를 쓰려 했던 것이다. 극서정시에 대해 다시 간단히 밝히기로 하자. 소월의 「진달래꽃」이나 「초혼」, 만해의 「님의 침묵」이나 「알 수 없어요」, 정지용의 「향수」, 김영랑의 「모란이 피기까지는」은 모두 훌륭한 시이다. 그런데 이 시들은 모두 처음과 끝의 정황이 같다. 미당의 「화사」를 비롯한 대부분 시도

마찬가지다. 나는 이들과 달리 처음과 끝의 정황이 다른 시를 쓰려 했다. 내 문학의 과거가 무엇이었나? 답: 내 시가 다 극서정시라는 것은 아니지만, 극서정시가 마련해주는 조그만 '거듭남'들을 통해 시인과 독자 들이 짊어지고 가는 삶의 짐을 별빛 무게만큼씩이라도 덜어주자는 것이었다.

   내 문학의 현재/미래는 그 시도의 연장선에 있다. 단 시를 쓰는 일이 더 힘들어졌고 앞으로 더욱더 그럴 것이다. 얼마 전에 썼으나 엄살기가 좀 들어 있는 것 같아 발표를 미뤄온 시 한 편을 내 현재/미래 문학의 현장 보고서로 내놓으며 이 글을 끝내고자 한다. 오래전에 은퇴했는데도 교수 생활하며 당황하는 꿈을 꾼다는 것은 대학교수직이 나에게 얼마나 이중적이었는가를 보여준다.

   출석부 고쳐 들고 강의실 문을 여니
   다른 교수가 강의하고 있었다.
   '미안합니다.' 문 닫고 보니 내 강의실은 다른 건물.
   밖에 나와 아무리 찾아봐도 그 건물이 없다.
   꿈이 끊긴다.

   개꿈이군, 끊기길 잘했어. 돌아눕는다.
   잘하긴 뭐가 잘해?
   며칠 내 쓰다 쓰다 끊긴 시의 소리,

찾아봐, 그 건물을!

내일 보자, 내일 아침.

내일 아침이 언젠데?

이 밤 지나면 내일 아침.

그땐 강의실 번호마저 지워질 거다.

다시 돌아눕는다.

잠이 이어지지 않는다.

불을 켠다. 새벽 2시 반.

끊긴 시에 길을 낸다.

더 나가지 않아 다른 길을 낸다.

이번엔 길이 습지로 들어가는군.

지우고 다시 길을 낸다.

가만, 저게 무슨 소리지?

창밖에 무언가 내리고 있다.

창을 여니 이슬빈지 안개빈지

물기가 자욱이 내리고 있다.

문득 밤이 몸을 부르르 떨어 물기를 턴다.

나도 몸을 부르르 떤다. 머릿속이 하얗다.

　　―「한밤중에 깨어」 전문

나의 베토벤

청소년 시절, 청각이 나의 다른 어느 감각보다도 우위에 있던 때가 있었다. 6·25 직후 환도한 서울, 중심이 온통 폐허. 지금의 명동은 성당과 시공관 그리고 음악실 돌체가 있는 곳 등 몇 블록만 남기고 그냥 폐허였다. 이집트나 그리스의 장엄한 폐허가 아니라 발을 들여놓으면 인분이 밟히는 그런 폐허였다. 시각의 즐거움이 없었다.

대신 음악실 르네상스나 돌체의 음악이 있었다. 한 고등학교 2학년생이 그 두 곳을 드나들며 청각의 도취에 빠졌다. 오죽하면 피아노는 물론 서툰 하모니카 빼고는 어느 악기 하나 제대로 다룰 줄 모르는 주제에 작곡가가 되겠다는 꿈을 꾸었겠는가? 고등학교 2학년 시절 상당 부분을 잘 모르는 영어로 된 화성학과 대위법 책을 읽으며 보냈다. 목표는 뉴 베토벤이었다.

그 꿈은 그 해가 가기 전에 깨졌다. 학교 친구와 함께 시공관에서 열린 김형욱의 바이올린 독주회를 듣고 나오며 들은 곡을 같이 휘파람을 불었는데 내 휘파람이 약간의 발성 음치였던 것이다. 청력만 정확하면 약간의 발성 음치는 성악가가 아닌 한 음악가가 되는 데 별지 장이 없다는 사실은 후에 알게 된 것이고 그때는 앞이 캄캄했다.

그 일로 음악을 포기하고 대신 음악과 가장 가까운 예술인 시와 함께 일생을 보내게 되었지만 음악에 대한 애정은 나에게서 떠나지 않았다. 결혼하고 전셋집을 전 전할 때도 무거운 오디오 기기를 떠메고 다녔고, 집을 옮길 때마다 오디오 놓을 자리부터 살폈던 일이 생각난 다. 집도 없이 판을 사 모으고, 돈을 줘도 원하는 판을 구하기 힘든 때였기 때문에 큰 릴 녹음기를 장만해 애 써 판들을 빌려 녹음해 듣기도 했다. 시간이 지나자 테 이프의 자성이 풀려 녹음기와 릴들을 다 남에게 넘겨주 고 말았지만. 나의 이런 기벽을 참고 견뎌준 아내에게 감사한다.

음악이 자연스레 내 시의 기틀이 되었다. 지금 그 기 틀은 시 속으로 숨어들었지만 번호나 소제목 들을 단 시 를 많이 썼고 그것들은 음악의 악장 역할을 했다. 그리 고 음악적인 흥취가 없으면 좋은 시로 생각하지 않았다.

살다 보니 차차 비틀스의 음악을 아주 좋아하게 되고 최진희 김광석의 노래나 스캇 라파로의 재즈도 즐겨 듣 게 되었다. 그러나 서양 고전음악에서 멀어지진 않았다. 처음엔 베토벤이나 슈베르트 브람스의 중기 음악에 주 로 심취했으나 차차 이들의 후기 음악(짧은 생애 슈베르

트의 후기 음악은 마지막 1년여의 너댓 작품뿐이지만)에
빠졌다.

살펴보자. 지금 내가 즐겨 듣는 음악에는 민요도 있
고 팝도 있다. 고전음악까지 포함해서 하나만 고르라면
참 힘들 것이다. 전북대의 이종민 교수가 꽃씨를 나눠
주듯 애써 골라 날라 주던 음악 편지 가운데 아직 기억
나는 두세 곡 중 하나를 택해 '내 인생의 음악'으로 삼
아도 무방하지 않을까.

그러나 나에게는 서양 고전음악이 첫사랑이었고 그
중에도 베토벤이었다. 곡은 변했다. 처음에는 3번「영웅
교향곡」이나 5번, 7번 교향곡, 「비창」에서 시작해서 「열
정」「발트슈타인」에 이르는 피아노 소나타들, 그리고
작품 번호 59「라주모프스키」부터 시작되는 중기 현악
사중주들을 즐겨 들었다. 그러다 지난 20여 년간은 그
의 후기 현악사중주, 그리고 30, 31, 32번에 속하는 후기
피아노 소나타들이 아껴 듣는 곡들이 되었다. 그중에서
단 하나를 택하라면 아무래도 32번, 그의 마지막 피아
노 소나타가 될 것이다.

이 곡은 베토벤의 마지막 작품은 아니다. 저 장엄한 9번
교향곡「합창」이 더 후기 작품이고, 저 깊숙한 후기 현악
사중주들이 더 마지막 작품들이다. 32번은 두 개의 악장
으로 되어 있고, 두번째 악장 아리에타 즉「조그만 노래」
(예술가들이 자기 작품에 붙이는 '조그맣다'는 말에 속지 말

자. 이 「조그만 노래」는 평균 연주 시간이 18분이다. 「달빛」
소나타 전 3개 악장보다 3분 더 길다)가 중심이다. 평범하다
고 할 만한 주제가 제시되고 그것이 다섯 번의 변주를 거
치며 천상의 황홀이라고 표현할 수밖에 없는 지경에 이른
다. 원래 장식용으로 사용되는 트릴도 이 곡 마지막에 가
서 이 세상의 소리가 아닌 경지를 만드는 것이다.

이 곡은 내가 사십대 후반인가 오십대 초에 클라우디
오 아라우의 연주로 처음 만난 후 빌헬름 켐프, 알프레
드 브렌델, 리처드 구드, 블라디미르 펠츠만 등을 거쳐
폴 루이스에 이르기까지 수집한 10여 피아니스트의 연
주 가운데 그 어느 하나에도 물린 적이 없는 곡이다. 물
론 그중에서 굳이 하나를 골라야 한다면 명암이 분명한
폴 루이스의 연주이다. 최근에 알게 된 것을 한마디 덧
붙이자면, 작가 토마스 만은 소설 『파우스트 박사』에서
주인공의 말을 빌려 이 곡을 '피아노 소나타가 그 운명
을 다한 곡'이라고 했다. 이 곡 다음에는 세상에 피아노
소나타라고 할 피아노 소나타가 있을 수 없다는 말이
다. 사실 하이든 모차르트 베토벤에 의해 완성된 피아
노 소나타는 후에 피아노의 달인 작곡가들인 쇼팽 리스
트 브람스가 피아노 소나타들을 몇씩 남겼지만, 그 곡
들은 그들의 작품 속에서도 빛나지 않는다. 예외가 있
다면, 베토벤의 타계 1년 후 작고한 슈베르트가 마지막
해에 작곡한 피아노 소나타 세 곡이 나름대로 피아노

160

소나타다운 곡들이라고 평가된다.

폴 루이스의 연주로 32번을 들으면서 쓴 시 「베토벤 마지막 소나타의 트릴」의 후반부를 읽으며 이 글을 끝내기로 하자.

　이즘처럼

　아는 것 모르는 것 다 합쳐도 별 감동거리 없는 초여름 저녁

　늦게까지 혼자 집에 남아 옛 음악이나 틀고 있을 때

　폴 루이스가 치는 베토벤의 마지막 소나타 끝머리에

　지상에 잠시 걸리는 무지개처럼 건반에 올려져

　마시던 녹차 색깔까지 아슬아슬 떨게 하는 트릴 한 토막,

　창밖의 별들까지 떨고 있다.

　이 세상에 이보다 더 절묘한 떨림 어디 있으랴.

　이 트릴, 혹시 별빛 가득 찬 천국의 한 토막은 아닐까?

　별 하나가 광채를 띠고 떨며 내려온다.

　그래, 소나타도 트릴도 끝난다.

　허지만 끝남, 끝남이 있어서

　천국의 한 토막이 아니겠는가?

가만, 잊은 게 하나 있다. 한군데 매이기 싫어 이 '내 인생의 음악'을 바꾸고 싶은 충동을 느낀 때도 있었다. 그러나 이즈음처럼 모든 게 정신없이 바뀌는 세상에서,

코로나바이러스로 집콕 하며 여러 곡을 다시 돌아가며 들으면서도 계속 물리지 않고 사랑할 수 있는 곡이 있다는 사실, 그것만도 삶의 '조그만' 축복이 아니겠는가? ▨